소설가의 첫 문장

BOOK PLAZA

소설가의 첫 문장

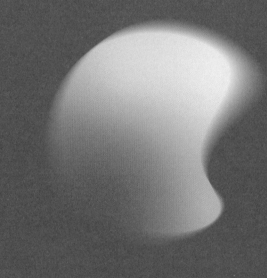

BOOK PLAZA

일러두기

1. 이 책에서 인용하고 있는 작품들의 장르에는 소설, 희곡뿐 아니라 시, 산문이 포함되어 있습니다. 편의를 위해 표기상 구분하지 않은 것을 이해해주시기 바랍니다.
2. 외국 작품 외에도 국내 작품 역시 해석이 필요한 경우에는 현대 맞춤법에 따라서 일부 수정하였습니다.

"태어나려는 자는 하나의 세계를 깨뜨려야 한다."

-헤르만 헤세, 《데미안》 중에서

목 차

1장. 어느 소설가를 만나다

2장. 무드를 만들다

3장. 이름을 짓다

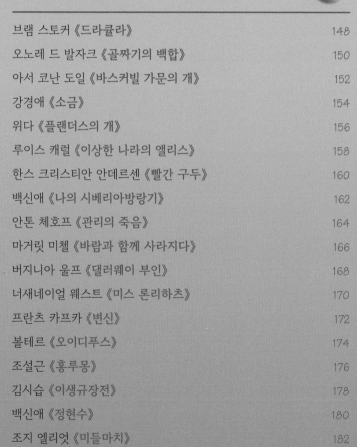

4장. 작가의 영혼

5장. 소설가의 호밀밭

글을 쓰는 우리가
진정으로 배워야 하는 것

글의 첫 문장을 쓰는 것은 하나의 세계를 탄생시키는 것입니다. 첫 문장에는 계속해서 다음 문장으로 나아가려는 힘과 의지가 깃들어 있습니다.

마치 빅뱅 이후 팽창하는 우주와 같이 첫 문장의 충격은 그 후로 오랜 시간 퍼져나가다가 모든 이야기와 함께 서서히 소멸해 갑니다. 드넓은 우주 속 우리의 인생처럼 그 이야기의 여운은 길 것입니다.

첫 문장을 쓸 수 있다는 것은 우리가 글을 쓸 수 있다는 것을 뜻합니다. 그리고 글을 쓸 수 있다는 것은 글을 쓰는 기술이 우리에게 이미 있다는 것을 뜻합니다. 그래서 20세기 언어 철학자 루트비히 비트겐슈타인은 "하나의 문장을 쓰는 것은 하나의 언어를 익힌 것이고, 하나의 언어를 익힌 것은 하나의 기술을 익힌 것이다"라고 말했습니다. 그러나 기술이 있다고 해서 누구나 다 장인인 것은 아니듯이, 글을 쓸 줄 안다고 해서 누구나 다 좋은 글을 쓰는 것은 아닙니다. 좋은 글을 쓰려면 우리에게는 그에 걸맞은 힘과 의지와 철학과 또 자기 규율과 인생에 대한 바람직한 태도가 필요합니다. 꽤 까다로운 요구처럼 들리지만 그렇지 않다면 글은 곧 힘을 잃고 밋밋해집니다. 그런 글이 경계를 넘어 타인의 마음에 가 닿을 리는 만무합니다.

프란츠 카프카, 어니스트 헤밍웨이, 제인 오스틴, 현진건, 이효석……. 우리가 아는 위대한 작가들의 첫 문장에는 특별한 힘이 깃들어 있습니다. 그들은 첫 문장을 통해 자신의 의지와 인생에 대한 태도를 표현했고 그로부터 위대한 글을 써냈습니다. 이것이 그들의 글이 '고전'이라 불리는 까닭입니다. 그러므로 우리가 위대한 작가들에게서, 그리고 그들의 글에서 반드시 배워야 하는 것은 예로부터 전승되는 탁월한 글쓰기 기술만이 아닙니다. 우리는 그들이 보여주는 강한 의지와 태도 역시 배워야 합니다.

이 책, 《소설가의 첫 문장》은 좋은 글을 쓰려는 사람에게 꼭 필요한 글쓰기 기술과 자신의 글을 대하는 자세 그리고 계속해서 다음 문장을 써나가는 힘과 의지를 모두 담은 필사 노트입니다. 위대한 작가들이 남긴 고전의 반열에 오른 소설 151편의 첫 문장을 읽고, 쓰고, 배우는 사이 우리는 어느새 자기 글을 쓸 준비를 마칠 것입니다. 우리는 자신을 가두고 있는 껍질을, 그 닫힌 세계를 깨뜨리고 세상 밖으로 나갈 수 있게 될 것입니다.

《소설가의 첫 문장》은 총 다섯 개의 장으로 구성되어 있습니다. 각 장은 작가가 글을 시작하는 다섯 가지 유형에 따라 구분한 것입니다. 1장, '어느 소설가를 만나다'에서는 작가가 첫 문장을 통해 이야기의 '화자'로 변모하는 순간을 포착합니다. 우리가 흔히 일인칭 주인공 시점이라고 말하는 유형입니다. 작가 자신이 이야기의 주체가 됨으로써 앞으로 써 내려갈 이야기에 깊이 몰입할 수 있는 장점이 있습니다. 2장, '무드를 만들다'에서는 첫 문장에서 소설의 전체적인 '분위기'가 만들어지는 순간을 엿봅니다. 이는 글에 긴장감을 불어넣는 데에 탁월한 방식입니다. 3장, '이름을 짓다'에서는 작가가 처음으로 이름을 '호명'하여 소설 속 인물이 태어나는 순간을, 그리고 4장, '작가의 영혼'에서는 작가가 자신을 드러내는 방식으로 독자를 '설득'하는 순간을 목격합니다. 마지막으로 5장, '소설가의 호밀밭'은 작가가 소설 속 '공간'으로 우리를 데려가는 순간에 관한 것입니다. 이들은 모두 작가가 독자의 공감을 끌어내는 효과적인 방법들입니다.

　'필사'는 글을 쓰는 기술과 글을 쓰는 태도를 함께 익힐 수 있는 아주 효과적인 방법입니다. 글씨를 따라 손을 움직여 가면서 주변에 흐르는 공기와 힘과 의지를 전부 느껴볼 것을 권합니다.

1장.

어느 소설가를 만나다

F. 스콧 피츠제럴드 《위대한 개츠비》

내가 어리고 쉽게 상처받던 시절에 아버지는 지금까지도 머릿속에서 잊히지 않는 충고 하나를 해주셨다.

"이 세상 사람들이 모두 너와 같은 특권을 가진 것은 아니란다."

아버지가 한 말은 이게 전부였지만 나는 이 말에 더 큰 의미가 담겨있다고 느꼈다.

위대한 개츠비(The Great Gatsby, 1925)

우리가 일인칭 주인공 시점이라고 부르는 서술 방식을 택하는 것은 독자뿐 아니라 작가에게도 매력적인 첫 문장을 시작하는 효과적인 방법 가운데 하나입니다. 이러한 서술 방식은 처음 책을 펼친 독자의 긴장감을 해소해 주며, 작가 또한 자신이 써 내려갈 이야기의 주체가 되어 서술에 몰입할 수 있습니다.

윌리엄 셰익스피어 《뜻대로 하세요》

이봐 아담, 내 기억대로라면 아버지는 나에게 고작 천 크라운을 상속해 주고는 네 말마따나 형에게 날 잘 보살피라고 당부하셨지. 그게 이 모든 불행의 시작이야.

뜻대로 하세요(As You Like It, 1623)

셰익스피어를 수식하는 말들을 열거할 때 빠지지 않는 것은 그가 '위대한 영국인'이라는 것입니다. 그도 그럴 것이 셰익스피어는 영어로 2천 개 이상의 신조어를 만들어 냈습니다. 그중에는 '스웨거(swagger)', '암살(assassination)', '중독(addiction)', '눈알(eyeball)'과 같이 오늘날에도 여전히 재밌는 단어들이 많습니다.

우매한 인간의 표본 아Q

루쉰 《아Q정전》

　내가 아Q의 전기를 쓰려고 생각한 것은 한두 해가 아니라 꽤 오래된 일이다.

　그러나 막상 쓰려고 하면 자꾸 망설여졌다. 스스로가 후세에 글을 남길만한 사람인지 확신이 서지 않았기 때문이리라. 예로부터 훌륭한 인물은 훌륭한 글이 전하는 거라고 하는데 사람이 글을 전하고 글이 다시 사람을 전하니, 결국 나는 무엇이 무엇을 전하는지 알 수 없게 되었다. 그렇게 귀신에 홀린 것처럼 아Q의 이야기를 전하기로 마음먹게 된 것이다.

아Q정전(阿Q正伝, 1921)

1881년 중국에서 태어난 루쉰은 처음엔 실패한 계몽 지식인에 가까운 인물이었습니다. 그는 주변에다가 "잠든 환자를 깨워 죽음의 고통을 알게 할 수 없다"라고 말하며 글쓰기를 거부했는데, 하루는 그의 친구가 "하지만 많은 사람이 깨어난다면 희망이 있지 않은가?"라고 반문했습니다. 그 후에 루쉰은 《광인일기》를 써서 작가로 데뷔합니다.

거대하고 교활한 고래와의 사투

허먼 멜빌 《모비 딕》

나를 이스마엘이라고 불러주면 좋겠다. 몇 년 전-정확히 언제인지는 상관없다- 수중에 있는 돈도 거의 바닥난 데다 해안에 딱히 흥미를 끄는 것도 없어, 잠시 배를 타고 나가 세계의 바다를 두루 돌아보기로 했다. 내가 우울한 기분을 떨쳐내고 몸에 피가 돌게 하고 싶을 때 쓰는 방법이다.

모비 딕(Moby-Dick or, The Whale, 1851)

1819년 뉴욕에서 태어난 허먼 멜빌은 13세에 무역상이던 아버지가 파산하기 전까지 유복한 유년 시절을 보냈습니다. 그 후 학교를 중퇴하고 상점가에서 허드렛일하다가 20세에 상선에 올라 뱃사람이 됩니다. 22세에 포경선의 선원이 되어 남태평양으로 나갔고, 25세에 군함을 타고 뉴욕으로 돌아왔습니다. 이 동안의 경험이 그의 작품 세계를 형성하였습니다.

오디세우스의 모험 이야기

호메로스《오디세이아》

뮤즈여, 내게

트로이를 정복하고

여행을 떠난 영웅의

이야기를 들려주소서.

그가 찾은 도시들과

그가 접한 이국의 풍속들과

그가 고향에 돌아오기까지

바다에서 겪은 고난을.

오디세이아(Odysseia, B.C.7??)

기원전 8세기 사람인 호메로스는 당시 그리스 전역을 돌아다니며 사백 년 전에 일어난 트로이
전쟁을 노래하던 눈먼 음유시인이었다고 전해집니다. 자신의 이야기 속에서 그는 청자이자 화
자입니다.

대니얼 디포 《로빈슨 크루소》

나는 1632년 요크의 좋은 집안에서 태어났다. 아버지가 독일 브레멘 출신이라 이곳 토박이는 아니다. 처음에는 항구 도시인 헐에서 무역을 해 큰 재산을 모은 아버지는 사업을 접고 요크로 건너와 어머니를 만나 결혼했다고 한다. 외가인 로빈슨 집안이 이곳 명문가여서 내 이름도 로빈슨이 됐다. 아버지의 성인 크로이츠네어는 발음이 어려워서 그런지 크루소로 불렸는데 영국에서는 흔한 일이었다. 이제는 우리 가족도 크루소라고 쓰는 게 익숙해져서 내 이름은 로빈슨 크루소가 됐다. 친구들도 항상 나를 그렇게 불렀다.

로빈슨 크루소(Robinson Crusoe, 1719)

대니얼 디포는 60세에 《로빈슨 크루소》를 발표해서 유명세를 치르기 전까지는 그저 그런 언론인에 불과했습니다.

Defoe

나쓰메 소세키 《나는 고양이로소이다》

나는 고양이다. 이름은 아직 없다.

어디서 태어났는지 도무지 모르겠다. 다만 어딘가 어둡고 축축한 곳에서 야옹야옹 울고 있던 것만 기억하고 있다. 나는 그곳에서 처음으로 인간이라는 것을 보았다. 나중에 들자니 그 인간은 서생이라 불리는, 인간 가운데서도 가장 영악한 족속이라고 한다.

나는 고양이로소이다(吾輩は猫である, 1905)

요한 볼프강 폰 괴테 《파우스트》

나는 지금까지 철학을 공부했다.

그리고 법학, 의학,

심지어, 신학까지도!

모두 열성을 다해 연구했다.

그런데도 이처럼 가련한 바보라니

전보다 나아진 것이 하나도 없구나!

석사니 박사니 하면서

십 년이라는 시간 동안 이리저리

학생들의 코를 잡아끌고 다녔을 뿐,

아는 게 아무것도 없었다!

파우스트(Faust, 1808)

독일의 위대한 작가 괴테는 저명한 자연 철학자이기도 했습니다. 그는 식물학, 해부학, 광물학, 지질학, 색채론 등 인간과 자연을 설명하는 모든 분야에 관심을 기울였습니다. 학자로서 그가 남긴 연구물들은 현재의 지식에 비하면 어설프긴 해도 모두 획기적인 것들이었습니다.

Goethe

헤르만 헤세 《데미안》

    내가 열 살 무렵 작은 마을에 살며 라틴어 학교에 다니던 시절의 이야기부터 시작해 보려 한다.

    그 시절을 생각하면 내면 깊숙이 자리 잡은 슬픔과 아련한 떨림이 짙은 향기로 다가와 내 마음을 울린다. 어두운 골목길, 환한 집과 탑들, 시계탑 종소리와 마을 사람들의 얼굴, 아늑하고 포근한 방들, 유령이라도 나올 것 같은 비밀스러운 방들, 따뜻하고 비좁은 방의 냄새, 토끼와 하녀들, 약초와 과일 말리는 냄새가 났다. 그곳에는 두 세계가 뒤섞여 있었다. 상반된 낮의 세계와 밤의 세계.

데미안(Demian, 1919)

헤르만 헤세의 《데미안》에서 가장 유명한 구절은 '새는 알을 깨고 나온다. 태어나려는 자는 하나의 세계를 깨뜨려야 한다'입니다.

Hesse

마크 트웨인 《허클베리 핀의 모험》

《톰 소여의 모험》이라는 책을 읽지 않았다면 나에 대해서 잘 모를 것이다. 그래도 딱히 상관없다. 그 책은 마크 트웨인 이라는 사람이 썼는데, 대체로 사실만을 이야기했다. 부풀려 말한 부분이 없지 않지만, 대부분은 사실이라고 봐도 좋다.

허클베리 핀의 모험(The Adventures of Huckleberry Finn, 1885)

탐정 조수의 사건 노트

아서 코난 도일 《그의 마지막 인사》

내 수첩에는 그날이 1892년 3월 말, 쌀쌀하고 바람이 많이 부는 날이었다고 적혀 있다. 우리가 점심 식사를 할 때 전보가 하나 왔는데, 홈즈는 그 자리에서 바로 답장을 썼다. 전보에 대해서는 아무 말도 하지 않았지만, 계속 신경이 쓰이는지 식사 후에도 벽난로 앞에 서서 고뇌에 찬 얼굴로 파이프 담배를 피우며 전보를 힐끔거리고 있었다. 그러다 갑자기 장난기 어린 반짝이는 눈빛으로 나를 돌아봤다.

그의 마지막 인사(His Last Bow, 1917)

명탐정 셜록 홈즈 시리즈의 화자는 뛰어난 홈즈 관찰자 존 왓슨입니다. 왓슨이 없다면 홈즈도 없었을 것입니다.

Doyle

앙투안 드 생텍쥐페리 《어린 왕자》

내가 여섯 살 때 《진짜 자연 이야기》라는 원시림에 관한 책에서 멋진 그림을 하나 보았다. 보아뱀 한 마리가 맹수를 삼키려는 순간을 그린 그림이었다.

어린 왕자(Le Petit Prince, 1943)

Saint-Exupéry

이상 《날개》

박제가 되어버린 천재를 아시오?

나는 유쾌하오. 이런 때 연애까지가 유쾌하오.

　육신이 흐느적흐느적하도록 피로했을 때만 정신이 은화처럼 맑소. 니코틴이 내 횟배 앓는 뱃속으로 스미면 머릿속에 으레 백지가 준비되는 법이오. 그 위에다 나는 위트와 패러독스를 바둑 포석처럼 늘어놓소. 가공할 상식의 병이오.

날개(1936)

나혜석 《베를린에서 런던까지》

부군은 이미 3삭 전에 베를린에 가서 체재 중이었다.

나는 12월 20일에 갸르 드 누아르를 떠나 베를린을 향하여 독행하였다. 차 속에는 독일 사람이 많이 탔다. '야 야' 소리는 프랑스인의 '위'와 영국인의 '예스'보다 다른 어쿠수수한 맛이 돈다.

국경에서는 여행권 조사가 심하였다. 산간소역이 많으나 승강객이 드물고, 산과 같이 쌓인 짐이 많았을 뿐이다. 독일 농촌은 토지의 이용이 프랑스보다 낫다. 그리고 간간이 라인강 지류가 흐르는 것은 아름다웠다. 삼림이 많은 중에도 백화가 많이 보인다.

베를린에서 런던까지(1933)

나혜석은 1896년에 태어나 1948년 서울에서 사망한 작가이자 화가입니다. 1920년에 남편 김우영과 함께 만주와 프랑스를 여행했고, 1927년에는 유럽과 미국을 여행하여 '조선 최초로 구미를 여행한 여성'이라는 칭호를 얻었습니다.

알 수 없는 점순이의 마음

김유정 《봄봄》

"장인님! 인제 저……."

내가 이렇게 뒤통수를 긁고, 나이가 찼으니 성례를 시켜 줘
야 하지 않겠느냐고 하면 대답이 늘,

"이 자식아! 성례구 뭐구 미처 자라야지!"

하고 만다.

이 자라야 한다는 것은 내가 아니라 내 아내가 될 점순이
의 키 말이다.

봄봄(1935)

제비처럼 왔다가 제비처럼 떠나는

나도향 《꿈》

내가 열아홉 살이 되던 해다. 세상에는 숫자를 무서워하
는 습관이 있어 우리 조선서는 석 삼 자(三)와 아홉 구 자
(九)를 몹시 무서워한다. 석 삼 자는 귀신이 붙은 자라 해서
몹시 꺼려하며 아홉 구 자 즉 셋을 세 번 곱한 자는 그 석
삼 자보다도 더 무서워한다. 더구나 연령에 들어서 그러하니
아홉 살 열아홉 살 스물아홉 살 서른아홉 살… 이렇게 아홉
이라는 단수가 붙은 해를 몹시 경계한다. 그래서 다만, 홀어
머니의 외아들인 나는 열아홉 살이 되는 날부터 마치 죽을
날이나 당한 듯이 무서움과 조심스러움으로 그날그날을 지
나지 않으면 안 되었다.

꿈(1925)

1902년에 태어나 1926년 사망한 소설가 나도향은 프랑스 작가 프로스페르 메리메의 소설
《카르멘》과, 마찬가지로 프랑스 작가인 알렉상드르 뒤마의 소설 《춘희》를 국내 최초로 번역하
였습니다. 두 작품 모두 오페라로 각색된 바 있습니다.

전당포에 맡긴 외투 이야기

이병각 《외투기》

삼 년 전—지금보다도 훨씬 마음이 젊고 일을 좋아하던 때 빚을 갚겠다고 억지를 써서 얻어온 아버지의 돈 육백 원을 주식에 걸고 아름다운 꿈을 꾸다가 그만 털어 바치고 나서 중개점에서 찾은 잔금 팔십 원을 몽땅 넣어 만든 나의 외투라, 어떤 생각으로 만들었는지 아주 거창스럽기 짝이 없다. 허리에 굵직한 띠가 있나 하면 깃이 알불량자의 그것으로 달려서 친구들의 조소감이 되어 왔다.

외투기(1940)

샬롯 브론테,《제인 에어》

그날은 산책이 어려워 보였다.

아침에 이미 한 시간 동안이나 잎이 다 떨어진 관목들 사이를 돌아다니긴 했지만, 점심을 먹은 뒤에는(리드 부인은 손님이 없을 때는 일찍 점심을 먹곤 했다) 차가운 겨울바람이 먹구름과 함께 비를 몰고 오는 바람에 더 이상 밖에 나갈 수 없었다.

나는 그게 기뻤다. 애초에 산책을 좋아하지도 않았지만 쌀쌀한 오후에 하는 산책은 더 싫었다. 으스스한 해 질 녘 길을 손발이 꽁꽁 언 채로 유모인 베시의 잔소리를 들으며 걷는 것은 상상만 해도 끔찍했다. 일라이자랑 존, 조지아나에 비해 약한 내 체력에 의기소침해진 채로 말이다.

제인 에어(Jane Eyre, 1847)

1816년 영국에서 태어나 1855년에 사망한 샬롯 브론테는《폭풍의 언덕》을 쓴 에밀리 브론테의 언니입니다.

에밀리 브론테 《폭풍의 언덕》

　1801년. 방금 집주인을 만나고 왔다. 내가 상대해야 할 유일한 이웃이었다. 이 얼마나 아름다운 동네인가! 영국 땅 어디에도 이토록 세상의 소란과 완전히 동떨어진 곳은 찾지 못할 것이다. 사람을 멀리하고 싶은 나 같은 사람에게는 더할나위 없는 천국이다.

폭풍의 언덕(Wuthering Heights, 1847)

1818년 영국에서 태어나 1848년에 사망한 에밀리 브론테는 《제인 에어》를 쓴 샬롯 브론테의 동생입니다.

Brontë

최서해 《해운대》

자동차에서 내린 나는 해운루 문전에서 한참 망설이다가
해안을 향하고 발을 옮겼다. 때는 오후 5시 반, 여섯 시 반
에 해운루 문전에서 만나기로 약속한 김군은 자전차로 벌써
와서 해안으로 통한 길옆 어떤 일본집에서 기다리고 있다.

해운대(1925)

어니스트 헤밍웨이 《무기여 잘 있거라》

그해 늦여름, 우리는 강과 들판 너머로 산이 보이는 한 마을에서 지냈다. 강가에는 널려 있는 자갈과 돌덩이가 햇볕에 말라 하얗게 빛났고, 빠르게 흐르는 맑은 강물은 푸른색을 띠었다. 군대가 집 옆을 지나 강을 따라 행군하면 먼지가 일어 나무와 나뭇잎을 뒤덮었다.

무기여 잘 있거라(A Farewell to Arms, 1929)

Hemingway

슈테판 츠바이크《초조한 마음》

모든 일은 내 실수에서 비롯되었다. 아무런 악의도 없었던 눈치 없는 행동. 프랑스인들의 표현을 빌리자면 '파티에서의 실수'로부터 시작된 것이다. 물론 즉시 바로잡으려고 시도했지만 고장 난 시계를 섣불리 수리하려다 보면 대게는 일이 점점 꼬이는 법이다. 꽤 시간이 흐른 지금도 어디까지가 나의 실수였고 어디서부터 죄가 되기 시작했는지 그 정확한 지점을 알지 못한다. 앞으로도 결코 알지 못할 것이다.

초조한 마음(Ungeduld des Herzens, 1939)

슈테판 츠바이크는 나치가 정권을 잡자 브라질로 망명한 오스트리아의 작가입니다. 그의 작품에는 뛰어난 심리적 묘사들이 등장하는데 이는 그가 그의 친구 지그문트 프로이트에게서 받은 영향 때문입니다.

찰스 디킨스 《데이비드 코퍼필드》

내가 내 인생의 주인공이었는지, 아니면 그 자리를 다른 누군가에게 넘겼는지 이 책을 보면 알 수 있을 것이다. 내 삶을 처음부터 이야기하자면, 나는 (다른 사람들이 그렇게 말해서 믿는 것뿐이지만) 금요일 밤 12시에 태어났다. 자정을 알리는 종이 울린 순간과 동시에 내가 울기 시작했다고 한다.

데이비드 코퍼필드(David Copperfield, 1849)

영국 포츠머스에서 하급 공무원의 아들로 태어난 디킨스는 아버지가 빚을 지고 감옥에 간 바람에 어려서부터 공장에서 일해야 했습니다. 틈틈이 공부하여 20세에 신문사 기자가 되었고 이때부터 작가의 꿈을 키웠습니다. 《데이비드 코퍼필드》에서 아버지 없이 태어나 어머니의 재혼으로 불행을 겪다가 소설가로 성공하는 주인공 데이비드는 디킨스가 만들어 낸 자신의 분신입니다.

Dickens

나쓰메 소세키 《도련님》

부모님에게 물려받은 무모한 기질 탓에 어릴 적부터 손해만 보고 살아왔다.

초등학교에 다닐 때는 2층에서 뛰어내리다 허리를 삐끗해 일주일 정도 드러누웠던 적도 있었다. 어째서 그렇게 무모한 짓을 했냐고 묻는 사람이 있을지도 모르겠다. 대단한 이유는 아니었다. 새로 지어진 건물 2층에서 목을 내밀고 있는데 동급생 하나가 농담으로 '네까짓 게 거기서 뛰어내릴 수 있을까? 겁쟁아!'라고 놀렸기 때문이다.

도련님(坊っちゃん, 1906)

나쓰메 소세키는 일본에서 1984년부터 2004년까지 1,000엔짜리 지폐 속 인물이었습니다. 원래는 이토 히로부미가 그 자리에 있었는데 우리나라를 비롯한 주변국들의 항의로 바뀐 것이었습니다. 사망 후 적출된 그의 뇌는 여전히 도쿄 대학 의학부에 보관되어 있다고 합니다.

프란츠 카프카 《굴》

굴을 파는 데 성공한 것 같다. 밖에서는 큰 구멍 하나로 보이지만 사실 이 구멍은 어디로도 이어지지 않아 몇 걸음만 들어가도 단단한 암석에 가로막히게 된다. 의도적으로 이런 속임수를 썼다고 자랑하려는 것이 아니다. 이 구멍도 허사가 된 수많은 굴 파기 시도의 흔적 중 하나지만 메우지 않고 그대로 두는 것이 좋을 것 같았다. 물론 너무 정교한 속임수는 스스로 자기 목을 조르기도 한다는 것을 누구보다 잘 알고 있다. 그런 내가 이렇게 이목을 끌 가능성이 큰 굴을 판 것은 분명 대담한 일이다. 내가 단지 겁이 많아서 이 굴을 팠다고 생각한다면 나를 잘못 본 것이다. 여기서 천 걸음 정도 떨어진 곳에 이끼를 덮어놓은 이 굴의 진짜 입구가 있다.

굴(Der Bau, 1931)

1883년 체코 프라하에서 태어나 1924년 프라하에서 사망한 한국인이 사랑하는 작가 프란츠 카프카는 생전에 무명의 작가였으며 노동보험공단에서 일했습니다.

내 이름은 오렌지

소설을 좋아하는 사람이라면 한 번쯤 소설가를 꿈꾼 적이 있을 것입니다. 저는 대학교 2학년 때 소설가가 되고 싶었습니다. 때마침 국어국문과에 소설 쓰기 강좌가 개설되어 수강 신청을 했습니다. 한국인 최초로 노벨 문학상을 수상한 H 작가, 그분의 강의였습니다. 그때 미처 몰랐지만 굉장한 영광이었습니다.

왜 소설을 쓰고 싶었는지 지금 생각해 보면 저는 저의 이야기를 하고 싶었던 것 같습니다. 어쩌면 당시엔 모든 게 혼란스러워서 아무라도 붙잡고 '고백' 비슷한 것을 하고 싶었는지도 모르겠습니다. 그렇지만 역시 부끄럽기도 하고……. 그래서 아이러니하게도 저는 '고백하는 나'를 숨겨줄 수 있는 것을 찾았고, 그게 소설이었습니다.

학기 중간 과제로 난생처음 단편 소설을 썼습니다. 이제 제목은 기억나지 않지만, 샐린저의 《호밀밭의 파수꾼》 같은 소설을 쓰고 싶었다는 것만은 아직 기억하고 있습니다. 과제를 제출하고 나서 다른 수강생들과 함께 품평하는 시간을 가졌습니다. 서로의 작품을 평가하는 게 허락된 상황이었지만 대개는 H 작가의 지도였습니다.

문장이 늘어진다거나, 표현이 부족하다거나, 식상하다거나, 이런 정도의 지적들이 이어지는 동안 저는 제가 받을 평가를 잠시 기대하기도 했습니다. 하지만 결과는,

"재능이 부족해요. 소설가가 되기는 어렵겠어요."

이게 다였습니다. 딱 잘라 말해서 저에게는 재능이 없었습니다. 큰 충격을 받아서 그 뒷이야기는 잘 듣지 못했는데, 품평이 끝날 때쯤 '그러나 딱 한 문장이 꽤 괜찮았다. 이 문장이 인상 깊었다'라는 말을 들었던 것 같습니다. 저는 당시에 그 말이 별로 칭찬 같이 느껴지지 않았기 때문에 아주 손쉽게 소설가 되기를 포기할 수 있었습니다.

그런데, 어니스트 헤밍웨이는 이런 말을 남겼습니다.

"나는 단 하나의 진실된 문장을 쓸 것이다. 그리고 거기서 시작할 것이다."

그때 제가 그 한 문장부터 다시 시작했다면 저는 소설가가 될 수 있었을까요?

2장.
무드를 만들다

진짜가 된 가짜

니콜라이 고골 《감찰관》

여러분, 제가 여러분을 이렇게 모신 것은 몹시 유감스러운 소식을 전하기 위해서입니다. 우리 시에 감찰관이 온다고 합니다.

상트페테르부르크에서 아무도 모르게 온답니다. 비밀 명령서까지 가지고요.

감찰관(Revizor, 1836)

'유감스러운 소식'이라는 표현이 인상적입니다. 첫 문장에서 감각적인 단어를 사용해 분위기를 잡는 것은 독자에게 긴장감을 줄 수 있는 가장 효과적인 방법입니다. 어떤 분위기는 스릴러 영화의 시작처럼 독자가 손에 땀을 쥐게 만들기도 합니다.

Gogol

인간이 만든 괴물의 복수

메리 셸리 《프랑켄슈타인》

영국 새빌 부인 앞

17××년 12월 11일, 상트페테르부르크에서

누나가 불길하게 여기던 이 일이 별문제 없이 진행되고 있다는 걸 알면 누나도 기쁘겠지? 나는 어제 이곳에 도착했어. 먼저 누나가 안심할 수 있도록 내가 잘 지내고 있고, 이 일이 성공할 거라는 확신이 점점 커진다는 말을 전하고 싶었어.

프랑켄슈타인(Frankenstein or, The Modern Prometheus, 1818)

메리 셸리와 훗날 그녀의 남편이 되는 퍼시 셸리는 함께 유럽을 여행하던 중 제네바에서 영국의 시인 조지 고든 바이런을 만나 그의 별장에서 지내게 됩니다. 바이런은 그녀에게 재미 삼아 각자 괴기 소설을 한 편씩 써 보자고 제안했고 메리 셸리는 그때 《프랑켄슈타인》의 초안을 썼습니다.

Shelley

윌리엄 셰익스피어 《베니스의 상인》

정말 모르겠네. 내가 왜 이렇게 울적한지.

이게 나를 지치게 해. 자네들도 지치겠지만.

이런 감정이 어떻게, 왜 내게 왔는지,

무엇으로 이루어졌고 어디서 시작되었는지,

나는 알아야겠네.

베니스의 상인(The Merchant of Venice, 1600)

셰익스피어의 5대 희극은 《베니스의 상인》, 《말괄량이 길들이기》, 《한여름 밤의 꿈》, 《뜻대로 하세요》, 《십이야》입니다. 첫 문장에서 화자의 감정을 드러내는 것 역시 독자들에게 긴장감을 줄 수 있습니다.

Shakespeare

에드거 앨런 포 《검은 고양이》

내가 이제부터 쓰려는 것은 너무도 기괴하고 또한 너무도 평범한 이야기라 누군가 믿어주기를 기대하거나 바라지 않는다. 내 감각들조차 거부하는 것을 믿어주리라 기대한다면 분명 정신 나간 일일 것이다. 하지만 나는 미친 것도 아니고 꿈을 꾼 것도 아니다. 나는 내일 죽을 것이기 때문에 오늘은 내 영혼의 짐을 내려놓으려 한다. 내 목적은 나에게 일어난 일들을 오로지 사실대로 기록해 세상에 남기려는 것이다.

검은 고양이(The Black Cat, 1843)

'기괴함'과 같은 표현은 독자를 긴장하게 합니다. 특히 뒤에 나오는 '평범함'이라는 표현이 주는 이질성과 함께 그 효과를 배로 만듭니다.

Poe

표도르 도스토옙스키 《악령》

지금까지 별다른 일 없이 조용했던 우리 마을에서 최근에 발생한 매우 이상한 사건들을 서술하기에는 내 문학적 재능이 부족한 탓에 재능 있고 존경받는 스테판 트로피모비치 베르호벤스키에 대한 이야기에서부터 시작해야 할 것 같다. 이 이야기는 어디까지나 서론 같은 역할을 할 뿐이고, 내가 쓰려는 진짜 이야기는 좀 더 뒤에 나올 것이다.

악령(Besi, 1872)

Dostoevsky

니콜라이 고골 《코》

3월 25일, 상트페테르부르크에서 아주 이상하고 기묘한 사건이 발생했다.

보즈네센스키 대로에 사는 이발사 이반 야코블레비치(성은 알려지지 않았고, 이발소 간판에는 뺨에 비누 거품을 바른 한 남자 그림과 함께 '피 뽑습니다'라는 글귀가 적혀있었다)는 이른 아침 풍겨오는 따끈따끈한 빵 냄새를 맡으며 잠에서 깨어났다.

코(Nos, 1836)

Gogol

채만식 《염마》

1. 손가락 한 토막

겨울이 방금 물러가고 난 어설픈 자리에 아직 봄이 차오르지 못한 삼월 초생.

늦은 아침 산보객들의 그림자까지도 드물어진 계동 중앙학교 뒷산 송림의 베어낸 소나무 등걸에 우두커니 걸터앉아 있는 영호는 무엇인지 안타까이 기다리는 눈으로 헤어져 가는 산보객을 두루 여살펴보고 있다.

염마(艶魔, 1934)

채만식은 1902년에 태어나 1950년 6월 11일 한국전쟁 발발 직전에 사망하였습니다. 그의 소설 《염마》는 우리나라 최초의 추리소설로 평가받습니다. '손가락 한 토막'이라는 표현이 주는 시각적 자극은 추리소설의 시작으로 훌륭합니다.

장미가 병드는 시대

이효석 《장미 병들다》

    싸움이라는 것을 허다하게 보았으나 그렇게도 짧고 어처구니없고 그러면서도 싸움의 진리를 여실하게 드러낸 것은 드물었다. 박고 차고 찢고 고함치고 욕하고 발악하다가 나중에는 피차에 지쳐서 쓰러져 버리는 그런 싸움이 아니라 맞고 넘어지고 항복하고 그뿐이었다. 처음도 뒤도 없이 깨끗하고 선명하여서 마치 긴 이야기의 앞뒤를 잘라 버린 필름의 몇 토막과도 같이 신선한 인상을 주는 것이었다.

장미 병들다(1938)

최서해《박돌의 죽음》

밤은 자정이 훨씬 넘었다.

이웃의 닭 우는 소리는 검푸른 새벽빛 속에 맑게 흐른다. 높고 푸른 하늘에 야광주를 뿌려 놓은 듯이 반짝이는 별들은 고요한 대지를 향하여 무슨 묵시를 주고 있다. 나뭇잎에서는 이슬 듣는 소리가 고요하다. 여름밤이건만 새벽녘이 되는 부드럽고 쌀쌀한 기운이 추근하게 만상을 소리 없이 싸고 돈다.

남자인지 여자인지, 어둠 속에 잘 분간할 수 없는 허연 그림자가 동계사무소 앞 좁은 골목으로 허둥허둥 뛰어나온다.

박돌의 죽음(1925)

글머리에서 독자들에게 인상을 주기 위해 꼭 감각적인 단어를 사용해야만 하는 것은 아닙니다. '자정이 넘은 밤'과 같이 일상적인 단어들의 조합으로도 독자들의 감각을 자극할 수 있습니다.

崔曙海

보리스 파스테르나크 《닥터 지바고》

러시아의 장송곡, 〈영원한 기억〉을 부르며 장례 행렬이 지나갔다. 사람들이 노래를 멈추면 말발굽 소리, 그리고 바람 소리가 노래를 이어 부르는 것처럼 느껴졌다.

닥터 지바고(Доктор Живаго, 1957)

보리스 레오니도비치 파스테르나크는 소련의 소설가입니다. 1890년 모스크바에서 화가 아버지와 피아니스트 어머니 사이에서 태어났습니다. 어려서는 음악가를 지망했고 대학에서는 철학을 연구했습니다. 《닥터 지바고》를 써서 노벨 문학상 수상자로 선정되었으나 소련 정부의 압력을 받아 수상을 거부하였다고 합니다.

Pasternak

오노레 드 발자크 《외제니 그랑데》

몇몇 지방 도시에는 음침한 수도원이나 황량한 황무지, 혹은 쓸쓸한 폐허 같은 우울함이 느껴지는 외관의 집들이 있다. 아마도 그런 집에는 수도원의 침묵과 황야의 쓸쓸함 그리고 폐허의 분위기가 모두 느껴질 것이다. 삶의 활력이 멈춰 있는 것처럼 너무나 고요해서 이방인들에게는 사람이 살지 않는 집으로 보일 수도 있을 것이다. 창문 너머로 얼핏 수도사처럼 보이는 사람의 냉정하고 창백한 시선과 마주치기 전까지는 말이다.

외제니 그랑데(Eugénie Grandet, 1834)

'음침한', '황량한', '쓸쓸한'과 같이 결이 같은 표현을 반복적으로 나열하는 것은 그 단어들이 만들어 내는 분위기를 배가시킬 수 있습니다.

Balzac

너새니얼 호손 《주홍 글씨》

우중충한 무채색 옷차림에 뾰족한 회색 고깔모자를 쓰고 턱수염을 기른 사내들이, 머리에 두건을 쓰기도 하고 쓰지 않기도 한 여인들과 뒤섞여 목조건물 앞에 모여 있었다. 참나무로 된 육중한 문에는 촘촘히 박힌 큰 쇠못들이 뾰족하게 튀어나와 있었다.

주홍 글씨(The Scarlet Letter, 1850)

너새니얼 호손은 1804년 미국 매사추세츠주에서 태어났습니다. 미국의 제14대 대통령 프랭클린 피어스가 그의 대학 친구입니다. 덕분에 잠시 외교관으로 활동하기도 했습니다.

Hawthorne

막심 고리키 《어머니》

매일 같이 공장의 날카로운 사이렌 소리가 메케하고 기름
진 대기를 울리며 노동자 거주구에 도달하면 그 부름에 응
하듯 작은 회색 집들에서 잠이 부족해 아직 근육도 풀리지
않은 음울한 표정의 사람들이 마치 겁에 질린 바퀴벌레처럼
거리로 쏟아져 나왔다.

어머니(Mat, 1907)

1868년 러시아 제국에서 태어난 막심 고리키는 차르 정부 해체 운동을 벌이다가 감시 대상이
되어 이탈리아로 망명합니다. 후에 소련으로 돌아가 1935년 사망합니다. '날카로운 사이렌 소
리'와 같은 표현은 독자에게 청각적인 긴장감을 불러일으킵니다.

Gorky

인간의 자격에 관하여

알베르 카뮈 《이방인》

오늘 엄마가 죽었다. 아니, 어제였나? 잘 모르겠다.

이방인(L'Étranger, 1942)

《이방인》의 유명한 첫 문장은 무시무시합니다. 독자들이 화자의 반사회적인 성격과 이어질 이야기의 기괴한 분위기를 단번에 알아차릴 수 있게 합니다.

Camus

오스카 와일드 《도리언 그레이의 초상》

화실은 장미의 진한 향기로 가득했다.

가벼운 바람이 정원의 나무들을 휘저으면

라일락의 짙은 향기와 분홍빛 꽃이 핀

가시나무의 섬세한 향기가

열린 문틈으로 스며들었다.

도리언 그레이의 초상(The Picture of Dorian Gray, 1891)

성공한 극작가 오스카 와일드는 1895년에 동성애 혐의로 기소되어 2년간의 징역형을 선고받았습니다. 수감 생활이 끝나자 곧바로 영국에서 추방당했고, 프랑스로 건너가서 아내가 보내주는 적은 돈으로 3년간 연명하다가 뇌수막염에 걸려 사망합니다. 말년에 그는 거리에서 구걸하기도 했는데, "끔찍한 이야기를 들려 드릴 테니 돈을 좀 주시오"라고 말했다고 합니다.

Wilde

오래된 미래의 디스토피아

조지 오웰 《1984》

화창하지만 아직 쌀쌀한 4월의 어느 날, 시계 종이 열세 번 울렸다. 윈스턴 스미스는 차가운 바람을 피해 턱을 가슴에 파묻은 채 재빨리 빅토리 맨션의 유리문을 통과했다. 하지만 문이 닫히기 전에 모래바람이 그를 따라 들이닥쳤다.

복도에서는 삶은 양배추와 낡은 카펫 냄새가 났다. 복도 끝에는 실내에 걸기에는 너무 큰 포스터가 걸려 있었다. 포스터에는 폭이 1미터가 넘는 거대한 얼굴이 그려져 있었다. 마흔다섯쯤 되어 보이는, 콧수염을 기른 다부지고 잘생긴 남자였다. 윈스턴은 계단으로 향했다. 엘리베이터는 기대할 수 없었다.

1984(1984, 1949)

조지 오웰은 인도가 영국의 식민 지배하에 있던 1903년 인도 벵갈에서 태어났습니다. 출생 직후 영국으로 갔으나 이튼 칼리지 졸업 후 경찰관이 되어 인도와 인접한 국가인 버마에서 5년간 근무했습니다. 《1984》의 무미건조한 첫 문장은 작가의 의도처럼 소설의 디스토피아적 분위기와 잘 맞아떨어집니다.

Orwell

쥘 베른 《해저 2만리》

1866년은 누구에게도 잊히지 않을 만큼 이상야릇한 해였다. 그 현상은 아무도 설명할 수 없었고 설명되지도 않았다. 기이한 소문이 항구의 주민들을 동요시켰고 육지 사람들까지 흥분시키는 바람에 바다에서 일하는 사람들은 더 큰 불안에 휩싸였다.

해저 2만리(Vingt Mille Lieues sous les mers, 1869)

1828년에 태어나 1905년 사망한 프랑스 소설가 쥘 베른은 비행기나 잠수함이 발명되기도 전에 그것들을 상상하여 작품 속에 등장시켰습니다.

Verne

까마귀가 불러온 죽음

이태준 《가마귀》

"호—."

새로 사온 것이라 등피에서는 아직 석유 냄새도 나지 않는
다. 닦을 것도 별로 없지만 전에 하던 버릇으로 그렇게 입김
부터 불어 가지고 어스레해진 하늘에 비춰 보았다. 등피는
과민하게도 대뜸 뽀얗게 흐려지고 만다.

가마귀(1937)

1904년에 태어난 소설가 이태준의 별명은 '조선의 모파상'이었습니다. 1970년 북한의 장동 탄
광 노동자 지구에서 사망한 것으로 전해집니다. '호' 하고 입김을 불어 넣는 의성어는 청각적
인 자극과 함께 쌀쌀함과 같은 감각 또한 전달합니다.

채만식 《정거장 근처》

밤 열한 시 막차가 달려들려면 아직도 멀었나 보다. 정거장은 안팎으로 불만 환히 켜졌지 쓸쓸하다.

정거장이라야 하기는 이름뿐이고 아무것도 아니다. 밤이니까 아니 보이지만 낮에 보면 논 있는 들판에서 기찻길이 두 가랑이로 찢어졌다가 다시 오므려진 그 샅을 도독이 돋우어 그 위에 생철을 인 허술한 판잣집을 달랑 한 채 갸름하게 앉혀놓은 것 그것뿐이다.

정거장 근처(1937)

蔡萬植

프란츠 카프카 《작은 우화》

"아," 쥐가 말했다. "세상은 날마다 더 좁아지고 있어. 처음엔 너무 넓어서 무서웠지. 계속 달려가다 보니, 멀리서부터 좌우로 벽이 보이기 시작해서 기뻤어. 그런데 이 긴 벽이 어찌나 빨리 좁아지는지 어느새 마지막 방에 이르렀는데 방구석에 내가 달려 들어갈 덫이 놓여 있더라."

"그냥 방향을 바꾸면 되잖아." 고양이가 이렇게 말하고는 쥐를 잡아먹었다.

작은 우화(Kleine Fabel, 1931)

Kafka

최서해 《쥐 죽인 뒤》

가을부터 쥐가 어떻게 들레는지 견딜 수 없다. 처음 이사
와서는 없던 쥐가 며칠 뒤가 되니 중쥐 한 마리가 수채 구멍
으로 드나들기 시작하였다. 한 놈이 드나들 때에는 적적한
우리 내외는 재미있게 구경하였다.

쥐 죽인 뒤(1927)

'쥐가 들레어 견딜 수 없다'라는 심리적 서술은 읽는 모두가 공감할 만한 것입니다.

*들레다: 야단스럽게 떠들다.

오 헨리 《크리스마스 선물》

1달러 87센트. 그게 전부였다. 그나마 60센트는 1센트짜리 동전들이다.

창피함을 무릅쓰고 잡화점, 채소 가게, 정육점 주인들에게 얼굴이 화끈거릴 정도로 억지를 써가며 한푼 두푼 모은 동전이었다.

델라는 세 번이나 세어 보았다. 1달러 87센트. 그리고 내일은 크리스마스였다.

크리스마스 선물(The Gift of the Magi, 1905)

Henry

기 드 모파상 《여자의 일생》

잔이 짐을 다 꾸리고 창가로 다가갔지만, 비는 그칠 줄을 몰랐다.

세찬 소나기가 밤새 창유리와 지붕을 계속 두드렸다. 물을 잔뜩 머금은 채 터질 것 같던 낮은 하늘이 물을 쏟아내자 대지는 진창이 되어 설탕처럼 녹아내렸다. 강한 바람이 무겁고 눅눅한 열기를 몰고 왔다. 넘쳐흐르는 시냇물 소리가 적막한 거리를 가득 채웠고, 거리의 집들은 스펀지처럼 습기를 빨아들였다. 집안으로 스며든 습기는 지하실부터 다락방까지 온 벽을 축축하게 젖게 했다.

어제 수녀원에서 나와 마침내 영원히 자유의 몸이 된 잔은 오랫동안 꿈꿔왔던 인생의 모든 행복을 누릴 준비가 되어 있었지만, 날이 개지 않으면 아버지가 출발을 주저할까 봐 아침부터 백 번도 더 하늘을 살폈다.

여자의 일생(Une Vie, 1883)

Maupassant

기 드 모파상 《목걸이》

그녀는 무척 아름답고 매력적인 여성이었으나, 운명의 장난처럼 하급 관리의 가정에서 태어났다. 그녀에게는 부유한 상류층 남자와 결혼할 지참금도, 연줄도, 아무런 희망도 없었다. 결국 그녀는 교육부에서 일하는 하급 관리에게 시집을 가게 되었다.

그녀는 형편이 안 되어 전혀 꾸미지 못하고 지내다 보니 신분이 더 낮아진 것 같아 비참한 기분이었다. 그러나 여자들에게는 계급이나 신분은 중요하지 않았다. 그들이 지닌 아름다움과 매력이 곧 그들의 태생과 가문을 대신했다. 타고난 기품, 본능적인 우아함, 번뜩이는 재치만 있다면 빈민가의 소녀마저도 귀부인과 동등한 위치에 설 수 있는 것이다.

목걸이(La Parure, 1884)

'운명의 장난'이라는 표현이 눈길을 끕니다. 여기서 독자는 주인공의 처지와 앞으로 그녀에게 닥칠 시련을 짐작해 볼 수 있습니다.

Maupassant

현진건《술 권하는 사회》

"아이그, 아야."

홀로 바느질을 하고 있던 아내는 얼굴을 살짝 찌푸리고 가늘고 날카로운 소리로 부르짖었다. 바늘 끝에 왼손 엄지손가락 손톱 밑을 찔렸음이다. 그 손가락은 가늘게 떨고 하얀 손톱 밑으로 앵두 빛 같은 피가 비친다.

술 권하는 사회(1921)

1900년 대한제국에서 태어나 1942년 사망한 소설가 현진건은 《동아일보》에 재직하던 시절 베를린 올림픽 마라톤에서 금메달을 딴 손기정 선수의 유니폼에 그려진 일장기를 지우고 신문에 실은 〈일장기 말소 사건〉으로 1년간 복역했습니다.

玄鎮健

프란츠 카프카《소송》

누군가 요제프 K를 모함한 것이 분명했다.

딱히 나쁜 짓을 하지도 않았는데 어느 날 아침 느닷없이 체포되었기 때문이다. 매일 아침 여덟 시경이면 하숙집 주인인 그루바흐 부인의 식모가 아침 식사를 가져왔는데, 그날따라 오지 않았다. 여태껏 이런 일은 한 번도 없었다. K는 조금 더 기다려보기로 하고 베개를 베고 누운 채 건너편에 사는 노파를 바라봤다. 노파는 평소와 다르게 호기심 어린 눈으로 그를 관찰하고 있었다. 그 모습을 보니 불쾌하기도 하고 배도 고파서 벨을 눌렀다. 곧바로 노크 소리가 나더니 이 집에서 한 번도 본 적이 없는 남자가 들어왔다.

소송(Der Prozess, 1925)

《소송》의 첫 문장에서 카프카는 요제프 K라는 인물을 등장시켰습니다. 그렇지만 독자의 눈길을 더욱 사로잡는 것은 그가 '모함'을 당했다는 사실입니다.

Kafka

오귀스트 뒤팽의 마지막 추리

에드거 앨런 포《도둑맞은 편지》

지혜가 가장 혐오하는 것은 지나친 영리함이다.
—세네카.

18XX년 바람이 많이 부는 어느 가을날, 해가 막 저문 저녁, 파리 생제르맹의 뒤노가 33번지 4층 오귀스트 뒤팽의 집. 나는 친구인 오귀스트 뒤팽과 함께 그의 좁은 서재에서 해포석 파이프로 담배를 피우며 명상에 잠기는 호사를 즐기고 있었다.

도둑맞은 편지(The Purloined Letter, 1845)

1809년에 미국에서 태어나 1849년에 사망한 에드거 앨런 포는 추리소설 장르와 과학소설 장르의 창시자로 평가받습니다. 소설을 대표해 줄 만한 매력적인 글귀로 첫 문장을 대신하는 것은 글의 분위기를 형성하는 효과적인 방법입니다.

Poe

버지니아 울프 《자기만의 방》

여러분은 '여성과 픽션에 대해 강연해 달라고 부탁했는데 그게 자기만의 방과 무슨 상관이 있나요?'라고 물으실지도 모릅니다.

이제 설명해 보겠습니다. 여성과 픽션에 대한 강연 요청을 받고서 저는 강둑에 앉아 그 말의 의미를 생각해 보았어요. 아마도 패니 버니에 관해 조금 언급하고, 제인 오스틴에 대해서도 조금 논평을 한 다음, 브론테 자매를 칭찬하면서 그녀들이 자란 눈 덮인 하워스 사제관 얘기를 하거나, 가능하다면 밋퍼드에 대한 농담도 몇 마디 하고, 조지 엘리엇에 대한 존경심을 넌지시 내보이면서 개스켈을 인용하는 정도면 충분할지도 모릅니다. 하지만 다시 곱씹어 보니 이 주제가 생각만큼 단순하지 않았어요.

자기만의 방(A Room of One's Own, 1929)

Woolf

표도르 도스토옙스키 《죄와 벌》

몹시 무더웠던 7월 초의 어느 날 저녁, 한 청년이 S 골목에 있는 작은 하숙방에서 나와 망설이듯 천천히 K 다리 쪽으로 걸어가고 있었다.

그는 운 좋게 계단에서 집주인과 마주치는 것을 피할 수 있었다. 그가 세든 작은 방은 5층 건물의 지붕 바로 아래에 있었는데, 방이라기보다는 벽장에 가까웠다.

죄와 벌(Prestupleniye i nakazaniye, 1866)

러시아 제국의 작가 도스토옙스키는 1849년 민중 봉기를 계획한 혐의로 체포되어 총살형을 선고받습니다. 형이 집행되기 시작했고 자신의 차례가 되어 죽음을 받아들이려는 순간 황제의 칙사가 도착하여 사면받습니다. 그 후에 그는 시베리아로 보내졌습니다. 무미건조한 서술과 '망설임'이라는 심리적 표현만이 담긴 《죄와 벌》의 첫 문장은 무척 인상적입니다.

Dostoevsky

괴상하게도 운수가 좋아서

현진건《운수 좋은 날》

새침하게 흐린 품이 눈이 올 듯하더니 눈은 아니 오고 얼다가 만 비가 추적추적 내리는 날이었다.

이날이야말로 동소문 안에서 인력거꾼 노릇을 하는 김 첨지에게는 오래간만에도 닥친 운수 좋은 날이었다.

운수 좋은 날(1924)

채만식 《레디메이드 인생》

"뭐 어디 빈자리가 있어야지."

K 사장은 안락의자에 푹신 파묻힌 몸을 뒤로 벌떡 젖히며 하품을 하듯이 시원찮게 대답을 한다. 두 팔을 쭉 내뻗고 기지개라도 한번 쓰고 싶은 것을 겨우 참는 눈치다.

레디메이드 인생(1934)

소설 속 인물의 발화로 이야기를 시작하는 것은 마이크 테스트를 하는 것과 같이 독자들의 이목을 끕니다.

蔡萬植

낙동강에 뛰어든 여자

최서해 《매월》

벌써 백여 년 전 일이었습니다.

매월(梅月, 1924)

'벌써'라는 단어에서 다양한 감정이 느껴집니다.

어니스트 헤밍웨이 《노인과 바다》

그는 홀로 조각배를 타고 멕시코 만류에서 고기잡이를 하는 노인이었다. 벌써 팔십사일 째 물고기를 한 마리도 잡지 못하고 있었다.

노인과 바다(The Old Man and the Sea, 1952)

헤밍웨이는 제1차 세계 대전에 운전병으로 참전합니다. 1918년 최전선으로 초콜릿과 담배 등을 가져가던 도중에 박격포 공격을 받고 두 다리에 부상을 입어 수술받습니다. 1930년에는 친구를 차로 기차역에 데려다주던 중 오른팔이 부러지는 교통사고를 당합니다. 오른손 신경이 돌아오는 데는 1년이 지나야 했습니다. 헤밍웨이는 제2차 세계 대전 당시 종군 기자였습니다. 그는 1944년 서부전선에서 폐렴에 걸립니다. 1954년에는 아프리카에서 아내와 함께 두 차례 비행기 사고를 겪습니다. 첫 번째 사고에서 머리를 다쳤으며 다음날 큰 병원으로 가기 위해 탑승한 다른 비행기가 이륙하던 도중 폭발하여 심각한 화상과 두개골 손상을 입게 됩니다. 이듬해에는 산불을 만나 전신에 걸쳐 3도 화상을 입습니다. 어릴 적부터 육체적 고통을 술로 버텨왔던 헤밍웨이는 사고가 거듭될수록 더욱더 술에 의존하게 되었습니다.

Hemingway

제임스 조이스 《젊은 예술가의 초상》

옛날 옛적, 아주 살기 좋던 옛날에 음매 소 한 마리가 길을 가고 있었단다. 길을 걷던 음매 소는 아기 터쿠라 불리는 예쁜 사내아이를 만났단다.

아버지가 그에게 이야기를 들려주었다. 단안경 너머로 그를 바라보는 아버지의 얼굴에는 수염이 덥수룩했다.

그가 아기 터쿠였다.

젊은 예술가의 초상(A Portrait of the Artist as a Young Man, 1916)

1882년 태어나 1941년 사망한 아일랜드 더블린 출신의 작가 제임스 조이스의 소설들은 대부분 그의 고향 더블린을 배경으로 하고 있습니다.

Joyce

모리스 르블랑《괴도신사 아르센 뤼팽》

그건 정말 기이한 여행이었다. 물론 시작은 매우 훌륭했다. 지금까지 그보다 더 기분 좋게 시작한 여행은 없었을 정도다. 대서양 횡단선인 프로방스호는 빠르고 안락했으며 선장은 너무도 친절했다. 승객들 또한 대부분 기품 있는 상류층 사람들 같았다. 사람들이 자연스럽게 어울릴 수 있도록 다양한 오락거리도 마련되어 있었다. 우리는 마치 세상과 분리된 미지의 섬에 갇혀 어쩔 수 없이 서로 가까워져야만 하는 사람들 같았다.

그렇게 우리는 점점 가까워져 갔다….

괴도신사 아르센 뤼팽(Arsène Lupin, gentleman-cambrioleur, 1907)

프랑스 소설가 모리스 르블랑의 소설《괴도신사 아르센 뤼팽》에는 당시 유럽에서 이미 큰 인기를 끌고 있던 명탐정 셜록 홈즈가 등장합니다. 그러나 아서 코난 도일의 항의로 후속작부터는 '헐록 숌즈'가 등장하게 됩니다.

Leblanc

국경의 긴 터널

"너 되게 무드 있다."

한때 우리는 이런 말을 잘도 쓰고는 했습니다. 무드 있는 사람, 무드 있는 카페, 무드 있는 음악……. 그러나 '무드 (mood)'라는 말을 이제 잘 쓰지 않는 것 같습니다. 대신에 '분위기'라는 표현이 그 자리를 대신하고 있습니다. 분위기 있는 사람, 분위기 있는 카페, 분위기 있는 음악. 그렇지만 저는 여전히 '무드'라는 말이 분위기 있다고 생각합니다.

무드 있는 사람이 되는 것은 어렵습니다. 그리고 무드 있는 글을 쓰는 것은 더 어렵습니다. 어떤 글이 무드 있다는 것은 그저 묘사가 충실하다거나 하는 것이 아닙니다. 단 한 문장으로 글의 무드가 만들어지기도 합니다:

"국경의 긴 터널을 빠져나오자, 설국이었다."

일본 작가 가와바타 야스나리의 전설적인 한 문장입니다.

그리고 다음의 문장들이 이어집니다:

"밤의 밑바닥이 하얘졌다. 신호소에 기차가 멈춰 섰다."

이제 독자들은 완전히 《설국》 무드에 사로잡히게 됩니다. 그리고 그 무드는 순식간에 우리를 타본 적 없는 기차에 태워서 넘어본 적 없는 국경을 넘게 만들고, 가본 적 없는 눈의 나라에서 되어본 적 없는 사람이 되게 만듭니다. 무드란, 이렇게나 위험한 것입니다.

이런 무드를 만드는 힘은 타고나는 걸까요? 타고난 사람만이 무드 있는 글을 쓸 수 있는 걸까요? 20세기 언어 철학자 루트비히 비트겐슈타인은 이렇게 말했습니다:

"하나의 문장을 쓰는 것은 하나의 언어를 습득한 것이다. 하나의 언어를 습득한 것은 하나의 기술을 익힌 것이다."

결국 문장을 쓰고 글을 쓰는 것도 일종의 기술이라는 소리입니다. 하나의 문장을 쓰기 위해서 우리는 먼저 글을 쓸 줄 알아야 하고, 글을 쓰기 위해서는 먼저 글을 쓰는 기술을 습득해야 합니다. 뭐니 뭐니 해도 일단 기술부터 배워야 하는 것입니다.

그렇다면 무드 있는 글을 쓰는 기술은 어디서, 누구에게 배울 수 있을까요? 무드 있는 곳에서, 무드 있는 사람들에게 배울 수 있지 않을까요?

3장.

이름을 짓다

브램 스토커《드라큘라》

조너선 하커의 일기

5월 3일, 비스트리츠 - 5월 1일 저녁 8시 35분에 뮌헨을 출발해 다음 날 아침 일찍 빈에 도착했다. 원래는 6시 46분에 도착할 예정이었으나 기차가 한 시간 연착해 늦어졌다. 부다페스트는 기차를 타고 가다 본 풍경과 잠시 정차했을 때 둘러본 게 전부지만 멋진 곳 같았다. 도착은 예정보다 늦었어도 출발은 가능한 제시간에 맞추려는 것 같아서 차마 멀리 나가보지는 못했다. 서양을 떠나 마침내 동양에 들어선 것 같은 느낌이 인상적이었다.

드라큘라(Dracula, 1897)

오늘날 모든 흡혈귀를 상징하는 드라큘라는 사실 소설 속 주인공의 이름입니다. 소설가가 만들어 낸 이름들 가운데 가장 유명한 이름일 것입니다. 그 이름이 이만큼 유명해진 것에는 그것이 소설의 제목인 것 또한 한몫한 것 같습니다. 드라큘라가 누군지 궁금하게 만드는 매력적인 이름입니다.

Stoker

오노레 드 발자크《골짜기의 백합》

나탈리 드 마네르빌 백작 부인께

당신의 청을 들어드리지요. 우리가 사랑하는 것만큼 우리를 사랑해 주지 않는 여인을 위해 우리로 하여금 상식에 어긋나는 일을 저지르게 하는 것이 여인들의 특권이니까요. 그대들의 이마에 주름이 잡히는 것을 보지 않기 위해, 그대들의 입술이 작은 거절에도 뾰로통해지는 것을 막기 위해, 우리는 기적처럼 장벽을 넘고, 피를 흘리고, 미래를 희생하기도 한다오.

골짜기의 백합(Le Lys dans la vallée, 1835)

소설 속에서 이름은 많은 것을 함축하고 있습니다. 그 사람의 성별, 출신, 신분 등을 함께 나타내는 가장 일반적이고 효과적인 방법입니다.

Balzac

아서 코난 도일 《바스커빌 가문의 개》

밤을 새운 날이 아니면 느지막한 시간에 일어나던 셜록 홈즈가 그날은 웬일로 이른 아침부터 식탁에 앉아 있었다. 나는 벽난로 앞에 깔린 작은 양탄자 위에 서서 지난밤 손님이 두고 간 지팡이를 집어 들었다. 묵직하고 단단한 나무로 만들어진 그 지팡이는 손잡이 부분이 둥근 공 모양으로 된 '페낭 로이어'라고 불리는 종류였다. 손잡이 바로 아래에는 폭이 3센티미터 정도 되는 은판이 둘러져 있었는데, 그 위로 '1884'라는 연도와 함께 '왕립외과의사회 회원 제임스 모티머에게 -C.H.H.의 친구들'이라는 문구가 새겨져 있었다. 나이 지긋한 개원의들이 들고 다닐 법한 구식 지팡이였다.

"왓슨, 자네는 그 지팡이가 어떤 것 같나?"

바스커빌 가문의 개(The Hound of the Baskervilles, 1902)

1859년 스코틀랜드에서 태어나 1930년 잉글랜드에서 사망한 아서 코난 도일의 본업은 안과 의사였습니다.

Doyle

강경애 《소금》

용정에서 팡둥이 왔다고 기별이 오므로 남편은 벽에 걸어
두고 아끼던 수목 두루마기를 꺼내 입고 문밖을 나갔다. 봉
식 어머니는 어쩐지 불안을 금치 못하여 문을 열고 바쁘게
가는 남편의 뒷모양을 물끄러미 바라보았다. 참말 팡둥이 왔
을까? 혹은 자X단들이 또 돈을 달래려고 거짓으로 팡둥이
왔다고 하여 남편을 데려가려는 건 아닐까? 하며 그는 울고
싶었다.

소금(1934)

姜敬愛

위다 《플랜더스의 개》

넬로와 파트라슈는 세상에 단둘뿐이었습니다.

둘은 형제보다도 더 가까운 친구였습니다. 넬로는 아르덴
태생의 몸집이 작은 소년이었고, 파트라슈는 플랜더스 지방
에서 흔히 볼 수 있는 덩치가 큰 개였습니다. 햇수로는 둘이
같은 나이였지만 넬로는 아직 어렸고, 파트라슈는 이미 늙어
가고 있었습니다.

플랜더스의 개(A Dog of Flanders, 1872)

Ouida

루이스 캐럴 《이상한 나라의 앨리스》

앨리스는 강둑에서 할 일 없이 언니 옆에 앉아만 있기가 지 겨워지기 시작했다. 언니가 읽고 있는 책을 한두 번 슬쩍 들 여다봤지만 책에는 그림도 대화도 없었다.

"그림도 없고 대화도 없는 책을 대체 왜 보는 거야?"

이상한 나라의 앨리스(Alice's Adventures in Wonderland, 1865)

루이스 캐럴은 옥스퍼드대학교에서 수학을 가르치는 수학자이기도 했습니다. 당시 빅토리아 여왕이 《이상한 나라의 앨리스》를 읽고 캐럴에게 그가 쓴 다른 책들을 읽고 싶다고 편지했다 가 수학책을 선물로 받았다는 일화가 있습니다.

Carroll

어른들을 위한 잔혹동화

한스 크리스티안 안데르센《빨간 구두》

옛날 옛적에, 아주 예쁘고 고운 소녀가 살았습니다. 소녀
는 너무나 가난해서 여름에는 늘 맨발로 돌아다녀야 했고,
겨울에는 커다란 나무 신발을 신어야 했어요. 그래서 소녀의
조그만 발등은 늘 빨갛게 부어올라 있었답니다.

마을 한가운데 구두장이 할머니가 살고 있었어요. 할머니
는 빨간 천 조각을 모아서 최선을 다해 구두 한 켤레를 만들
었답니다. 볼품은 없었지만 따뜻한 마음이 담긴 구두였어요.
바로 작은 소녀를 위한 구두였죠. 그 소녀의 이름은 카렌이
었어요.

빨간 구두(De røde sko, 1845)

아동 문학의 거장 한스 크리스티안 안데르센의 손꼽히는 명언으로는 "사람의 인생은 신의 손
가락이 쓴 동화다"가 있습니다. 이름을 말하기에 앞서 인물에 대한 생생한 묘사로 첫 문장을
시작하는 것은 독자들의 호기심을 자극할 수 있습니다.

Andersen

열아홉 살 소녀의 좌충우돌 러시아 여행기

백신애 《나의 시베리아방랑기》

나는 어렸을 때 '쨤'이라는 귀여운 이름을 갖고 있었다.
그러나 개구쟁이 오빠는 언제나 "야, 잠자리!" 하고 나를
불렀다. 호리호리한 폼에 눈만 몹시 컸기 때문에 불린 별명이
었다.

나의 시베리아방랑기(1939)

백신애는 소설 《나의 어머니》로 〈조선일보〉 신춘문예에 당선되어 등단하기 일 년 전인 1928
년 시베리아를 여행했습니다.

白信愛

재채기를 했을 뿐인데

안톤 체호프 《관리의 죽음》

    어느 멋진 저녁, 그에 못지않게 멋진 하급 관리 이반 드미
트리예비치 체르뱌코프는 객석 둘째 줄에 앉아 오페라글라
스로 '코르네빌의 종'을 관람하고 있었다. 공연을 보는 그는
행복의 절정에 다다른 기분이었다. 그런데 갑자기… 소설에
자주 등장하는 바로 그 '그런데 갑자기'다. 작가들이 옳았다.
인생은 이처럼 뜻밖의 일들도 가득하다!

    그런데 갑자기 그가 얼굴을 찡그리고 눈을 희번덕거리더니
숨을 멈췄다. 그는 오페라글라스에서 눈을 떼고 몸을 숙이
면서…, "에취!" 하고 크게 재채기를 했다.

관리의 죽음(Smert chinovnika, 1883)

164

Chekhov

마거릿 미첼《바람과 함께 사라지다》

스칼렛 오하라는 미인이 아니었지만, 쌍둥이 탈튼 형제처럼 그녀의 매력에 사로잡힌 남자들은 좀처럼 그 사실을 알아차리지 못했다. 그녀의 얼굴에는 프랑스 혈통인 남부 귀족 출신 어머니의 섬세한 이목구비와 거친 아일랜드 출신 아버지의 강인한 특징들이 지나치게 대비를 이룬 채 섞여 있었다. 하지만 각진 턱선에 뾰족한 턱 끝이 묘하게 시선을 사로잡았다.

바람과 함께 사라지다(Gone With the Wind, 1936)

Mitchell

버지니아 울프 《댈러웨이 부인》

댈러웨이 부인은 꽃은 자신이 사 오겠다고 했다.

루시는 할 일이 산더미였다. 문들을 떼어 내야 했고, 럼펠메이어에서 사람들도 오기로 되어 있었다. 그런데, 이 얼마나 상쾌한 아침인가. 클라리사 댈러웨이는 해변의 아이들이나 느낄 수 있는 신선한 아침이라고 생각했다.

댈러웨이 부인(Mrs. Dalloway, 1925)

1882에 태어나 1941년 사망한 영국 작가 버지니아 울프는 '의식의 흐름 기법'의 창시자로 알려져 있습니다. '의식의 흐름 기법'이란 소설의 내용이 사건이 아닌 의식을 따라 이어지게 하는 것을 뜻합니다.

Woolf

공감할 수 없는 인생

너새네니얼 웨스트 《미스 론리하츠》

'문제가 있으신가요? 조언이 필요하신가요? 편지를 보내면 미스 론리하츠가 도와드립니다.'

뉴욕 포스트 디스패치의 기자 미스 론리하츠는 책상에 앉아 하얀 종이를 바라보고 있었다. 그 위에는 담당 편집자인 슈라이크가 인쇄한 기도문이 적혀 있었다.

미스 론리하츠(Miss Lonelyhearts, 1933)

1903년에 태어나 1940년에 사망한 미국 작가 너새네이얼 웨스트는 F. 스콧 피츠제럴드와 친구 사이였습니다. 1934년부터는 할리우드에서 영화 각본을 쓰기도 했습니다.

West

프란츠 카프카 《변신》

어느 날 아침, 불안한 꿈에서 깨어난 그레고르 잠자는 자신이 침대 위에서 끔찍한 벌레로 변해 있음을 발견했다.

그는 갑옷처럼 딱딱한 등을 바닥에 대고 누워 있었고, 고개를 살짝 들어 올리자 활 모양으로 둥글게 부풀어 올라 여러 개로 갈라져 있는 갈색 배가 보였다. 그 위로 이불이 미끄러질 듯 간신히 걸쳐 있었다. 몸뚱이에 비해 형편없이 가느다란 수많은 다리들이 눈앞에서 애처롭게 버둥거리고 있었다.

"내게 무슨 일이 일어난 거지?"

변신(Die Verwandlung, 1915)

카프카를 좋아하는 사람들에게 '그레고르 잠자'는 잊히지 않는 이름입니다.

Kafka

볼테르 《오이디푸스》

필록테테스, 그대인가요?

무슨 가혹한 운명으로 이 저주받은 땅에

죽음을 찾으러 오신 건가요?

신들의 분노에 맞서려고 오셨나요?

이곳에 무모하게 발을 들이는 이는 아무도 없어요.

이 땅은 신들의 분노로 가득 차 있고,

탐욕스러운 죽음이 도사리고 있습니다.

테베는 오랫동안 재앙에 휩싸여

세상으로부터 고립되었어요.

돌아가세요.

오이디푸스(Oedipe, 1718)

Voltaire

조설근 《홍루몽》

멀고 먼 옛날, 여와가 돌을 깎아 하늘을 재건할 때의 일이다. 여와는 대황산 무계애에서 높이가 열두 길, 너비가 스물네 길이나 되는 큰 돌을 삼만 육천오백 한 개를 만들었다. 그중에서 삼만 육천오백 개만 쓰고 한 개가 남아 청경봉 아래에 버렸다. 그런데 그 돌은 여와가 깎아서 그런지 신통하게도 혼자서도 생각할 수 있게 되었다. 다른 돌들은 다들 하늘을 재건하는 데 쓰였는데 자신만이 재주가 부족하여 선택되지 못했음을 스스로 원망하고 탄식하며 밤낮으로 슬퍼하고 부끄러워했다.

홍루몽(紅樓夢, 1791)

여와는 중국의 창조 신화에서 복희씨와 함께 인류의 시조가 되는 여신입니다. 신화 속에서 여와는 태곳적에 하늘을 떠받치던 기둥 4개가 부러져 하늘이 무너지고 대재난이 일어나자 다섯 가지 색깔의 돌들로 하늘에 난 구멍을 메웠다고 합니다.

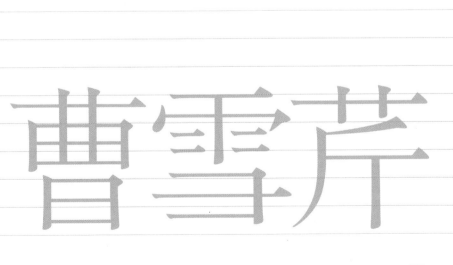

김시습 《이생규장전》

송도 낙타교 옆에 이생이 살았는데 나이는 열여덟이었다. 풍운이 맑고 재주가 뛰어나 일찍부터 국학에 다녔는데 길을 가면서도 시를 읽었다. 선죽리 귀족 집에는 최씨 낭자가 살았는데 나이는 열대여섯쯤 되었다. 태도가 아리땁고 수를 잘 놓았는데 시와 문장도 잘 지었다.

이생규장전(李生窺墻傳, 14??)

김시습은 조선 초기의 문장가입니다. 5세 때 이미 《중용》과 《대학》을 익히고 시를 지어 천재라 불리었습니다. 수양대군이 단종을 폐위시키자 분개하여 벼슬길에 나서지 않은 생육신의 한 사람이며, 승려가 되어 일생을 방랑하였습니다.

金時習

백신애 《정현수》

「명희, 이명희 씨, 허위, 가식.」

　치과의사 정현수는 테이블에 접혀진 채로 놓여 있는 그날 신문지 위에다 모잽이 글씨로 이렇게 휘갈겨 써 보았다. 그때 건너편 기공실에서 조수로 있는 병일이가 더위를 못 이겨서 인지 바쁘게 부채질하는 소리가 들려오자 그는 얼른 펜 끝에 잉크를 듬뿍 찍어 박박 긁어낼 듯이 이제 쓴 글자를 도로 지워버렸다.

정현수(1935)

1906년에 태어나 1939년에 사망한 소설가 백신애는 식민지 시절 고향을 떠나 고초를 겪는 조선인들의 삶부터 지식인 남성의 위선과 나이 어린 소년을 사랑하는 중년의 여성 화가에 이르기까지 다양한 주제들로 폭넓은 작품 세계를 구축하였습니다.

조지 엘리엇 《미들마치》

브룩 양은 수수한 옷차림에도 돋보이는 그런 아름다움을
지니고 있었다. 손과 손목이 매우 우아해서 이탈리아 화가들
이 그린 성모 마리아가 입고 있는 것 같은 밋밋한 소매도 잘
어울렸다. 그런 소박한 옷차림에도 옆모습과 체격 그리고 몸
가짐에서 품위가 느껴졌다. 마치 오늘 자 신문 기사 속에 인
용된 성경 구절이나 고전 시구 같아서 요즘 유행하는 경박
한 옷차림과는 비교도 되지 않았다.

미들마치(Middlemarch, 1871)

조지 엘리엇의 본명은 메리 앤 에번스입니다. 그녀가 필명을 사용한 까닭은 우선 자신이 이미
유명한 평론가였기 때문에 이름을 숨기려 했고, 또 남성적인 이름을 사용해서 여성 작가에 대
한 당대의 편견을 깨고자 했기 때문이었습니다.

Eliot

제임스 조이스 《율리시스》

풍채가 당당하고 살집이 좀 있는 벅 멀리건이 거울과 면도
칼을 열십자로 얹은 비누 거품 그릇을 들고서 계단 꼭대기
에서 나타났다. 포근한 아침 바람에 허리띠가 풀린 노란 가
운이 그의 뒤로 부드럽게 흩날렸다. 그는 그릇을 높이 들고
엄숙하게 읊조렸다.

"하나님의 제단으로 나아가리라.(Introibo ad altare Dei)"

율리시스(Ulysses, 1922)

Joyce

조지프 콘래드《로드 짐》

그는 6피트에서 1인치나 2인치 정도 모자란 키에 다부진 체격이었다. 어깨를 약간 숙여 머리를 내밀고 눈을 치켜뜨고 다가오는 모습은 마치 돌진해 오는 황소를 연상케 했다. 목소리는 깊고 우렁찼으며, 태도에서 완고한 자기주장이 드러났지만 공격적이지는 않았다.

로드 짐(Lord Jim, 1900)

조지프 콘래드는 폴란드에서 태어나 영국으로 귀화한 소설가입니다. 본명은 유제프 테오도르 콘라트 코제니오프스키입니다. 젊은 시절 일등항해사로 일하며 선장을 꿈꿨으나 서른일곱의 나이에 작가로 데뷔하게 됩니다. 주인공의 이름에서 제목을 따온 소설《로드 짐》의 첫머리는 마치 링에 오르는 권투선수를 소개하는 것 같습니다.

Conrad

로버트 루이스 스티븐슨
《지킬 박사와 하이드 씨》

어터슨 변호사는 결코 환하게 웃는 법이 없는 무뚝뚝한 얼굴의 남자였다. 말수가 적고 서툰 데다 감정을 잘 드러내지도 않아서 대화를 해보면 쌀쌀맞게 느껴지기도 했다. 마른 체형에 키가 크고 늘 칙칙하고 우울한 분위기를 풍겼으나, 그럼에도 불구하고 어딘가 정이 가는 사람이었다.

지킬 박사와 하이드 씨(Strange Case of Dr Jekyll and Mr Hyde, 1886)

1850년 스코틀랜드 에든버러에서 태어난 스티븐슨은 작가로 활동하던 중 건강에 문제가 생겨 요양차 남태평양을 건너 오세아니아의 사모아로 갑니다. 그곳에 정착하여 살다 1894년에 사망했습니다. 사모아에서 스티븐슨은 이야기꾼을 뜻하는 '투시탈라(tusitala)'라고 불렸습니다.

Stevenson

찰스 디킨스 《위대한 유산》

아버지의 성은 피립이고 내 세례명은 필립이라 어린 시절 나의 짧은 혀로는 둘 다 핍 이상으로 길게 말하거나 정확하게 발음할 수 없었다. 그래서 나는 나를 늘 핍이라고 불렀고 결국 핍이라고 불리게 되었다.

위대한 유산(Great Expectations, 1860)

Dickens

샤를 페로 《장화 신은 고양이》

어느 방앗간 주인이 자신의 전 재산인 방앗간과 당나귀 그리고 고양이를 세 아들에게 유산으로 남겼다. 나누는 데에는 시간이 얼마 걸리지 않았다. 공증인도 변호사도 부르지 않았다. 그들이 왔더라면 이 보잘것없는 유산마저 금세 사라졌을 것이다. 큰아들은 방앗간을, 둘째는 당나귀를, 그리고 막내는 고양이를 받았다. 막내는 이렇게 보잘것없는 유산을 받았다는 사실을 도저히 받아들일 수 없었다.

"주인님, 속상해하지 마세요. 저한테 자루 하나와 장화 한 켤레만 주시면 주인님의 몫이 생각보다 나쁘지 않다는 걸 보여드릴게요."

장화 신은 고양이(Le Maître chat ou le Chat botté, 1679)

1628년 프랑스 파리에서 태어나 1703년 파리에서 사망한 샤를 페로의 본업은 변호사였습니다. '장화 신은 고양이'는 오늘날 재치 있는 고양이의 대명사가 되었습니다.

Perrault

샤를 페로《푸른 수염》

옛날 옛적에 도시와 시골에 멋진 집들을 가지고 있는 한 남자가 있었습니다. 그는 금과 은으로 만든 접시와 으리으리한 가구, 그리고 빛나는 황금 마차를 가지고 있었어요. 그러나 불행하게도 남자의 수염은 푸른색이었습니다. 푸른 수염은 너무나 흉측하고 소름 끼쳐서 누구나 그를 보면 줄행랑을 쳤습니다.

푸른 수염(La Barbe bleue, 1697)

Perrault

나쁘거나 미치거나

루쉰 《광인일기》

지금 그 이름을 밝힐 수는 없지만, 모 씨 형제는 중학교 시절 나의 친한 친구였다. 여러 해 동안 만나지 못하다 보니 자연스레 소식도 뜸하게 되었다. 얼마 전 그들 중 한 친구가 중병을 앓고 있다는 소식을 우연히 접하게 되었다. 고향 가는 길에 일부러 찾아가 보니 그들 중 형을 만날 수 있었다. 병을 앓던 친구는 형이 아니라 동생이라고 했다. 먼 길을 와주어 감사하지만, 동생은 이미 완쾌되어 어느 곳에 임시직을 구하러 갔다고 했다. 그러더니 크게 웃으며 일기 두 권을 건넸다. 당시 동생의 병 상태를 알 수 있을 거라며, 옛 친구이니 보여줘도 괜찮을 것 같다고 했다.

광인일기(狂人日記, 1918)

작가가 '이름'을 가지고 할 수 있는 일은 많습니다. 이름을 밝힐 수 없다니, 그 사연이 궁금합니다.

제르베즈의 끝없는 슬픔

에밀 졸라 《목로주점》

제르베즈는 새벽 2시까지 랑티에를 기다렸다. 얇은 옷을 걸친 채 창가에서 찬 공기를 맞은 탓인지 몸에 열이 나고 오한이 들었다. 그녀는 두 뺨을 눈물로 적신 채 침대에 쓰러져 잠이 들었다. 일주일 전부터 〈보 아 되 테트〉에서 식사를 마치고 나면 랑티에는 매일 일자리를 찾으러 간다며 그녀에게 아이들을 데리고 먼저 들어가라고 하고는 밤이 깊어서야 돌아왔다.

목로주점(L'Assommoir, 1878)

Zola

헨리크 시엔키에비치 《쿠오 바디스》

페트로니우스는 해가 중천에 걸려서야 피곤에 찌든 몸으로 눈을 떴다. 간밤에 네로 황제가 베푼 연회가 새벽까지 이어진 탓이었다. 얼마 전부터 그의 건강은 계속해서 나빠지고 있었다. 아침에 일어날 때마다 힘이 없고 정신이 몽롱해 정신을 집중할 수가 없다며 투덜거렸다. 그래도 아침마다 목욕 후에 솜씨 좋은 노예들이 정성껏 몸을 주무른 덕에 몸에 피가 돌면서 머리가 맑아지고 활력이 돌아왔다.

쿠오 바디스(Quo vadis, 1895)

1846년에 태어나 1916년에 사망한 폴란드 작가 헨리크 시엔키에비치는 예수의 제자 베드로의 순교 사건을 다룬 역사 소설 《쿠오 바디스》를 써서 1905년 노벨 문학상을 수상했습니다. 역사 소설답게 소설 속 인물들은 모두 실존했던 인물들입니다.

Sienkiewicz

유방과 항우의 천하를 건 단판 승부

견위 《초한지(서한연의)》

전국칠웅 중 조나라는 원래 진나라와 같은 성씨를 가졌다. 그들의 시조는 비렴이고, 그의 아들은 계승이었으며, 그 후에 조보가 태어났다. 주나라 목왕 시대에 여덟 마리의 준마가 있었으니, 첫째는 절지, 둘째는 번우, 셋째는 분소, 넷째는 초경, 다섯째는 유휘, 여섯째는 초광, 일곱째는 등무, 여덟째는 괘익이라 불렀다. 목왕은 항상 이 여덟 마리 말이 끄는 수레를 타고 천하를 두루 여행하여 수레 자국과 말발굽 자국이 닿지 않은 곳이 없었다.

초한지(楚漢志(西漢演義), 1612

힘들어하는 연인들을 위해

윌리엄 셰익스피어 《한여름 밤의 꿈》

자. 아름다운 히폴리타여,

우리의 결혼식 날이 다가오고 있소.

행복한 나흘만 지나면 새로운 달이 뜰 것이오.

그런데 저 오래된 달은 왜 저리 느리게 기우는지!

마치 계모나 과부가

젊은이의 재산을 오랫동안 축내듯이

질질 끌며 나를 애태우는구려.

한여름 밤의 꿈(A Midsummer Night's Dream, 1600)

Shakespeare

안톤 체호프《귀여운 여인》

    은퇴한 관리 플레먀니코프의 딸 올렌카는 뒷문 현관 바닥에 앉아 생각에 잠겨 있었다. 무더운 날씨에 파리들까지 성가시게 몰려들었지만 곧 저녁이 된다고 생각하니 기분이 좋았다. 동쪽 하늘을 보니 짙은 비구름이 습기 섞인 바람과 함께 몰려오고 있었다.

귀여운 여인(Dushechka, 1899)

Chekhov

별 헤는 밤

"어머니, 나는 별 하나에 아름다운 말 한마디씩 불러봅니다. 소학교 때 책상을 같이 했던 아이들의 이름과 패, 경, 옥 이런 이국 소녀들의 이름과 벌써 아기 어머니 된 계집애들의 이름과……."

우리는 모두 이름을 가지고 있습니다. 모두에게 있지만 모두에게 특별한 것, 그것이 이름입니다.

이름은 보통 부모가 태어나는 아이에게 지어줍니다. 아이가 앞으로 행복한 삶을 살 수 있도록 소원을 담아 정성껏 짓습니다. 그리고 아이는 이름을 가짐으로써 의미로 이루어진 세계에서 처음으로 의미 있는 존재가 됩니다. 일단 출생신고서를 하나 쓰는 것부터 이름이 필요합니다. 가상의 존재라 해도 그렇습니다. 소설 속 인물 또한 작가에게 이름을 받아 소설의 세계에 등장합니다. 작가는 그들의 부모나 다름없는 것입니다.

 하지만 작가가 소설 속에 등장하는 모든 이름을 지어내는 것은 아닙니다. 명탐정 셜록 홈즈의 집이 있는 런던의 베이커 가 221번지처럼 멋진 이야기가 펼쳐지는 도시나 마을의 경우 실제 있는 곳의 지명을 섞어 사용하는 것이 흔하고, 어떤 경우에는 현실 속 인물과 그 이름을 빌려오기도 합니다. 이런 식으로 작가는 소설과 현실의 경계를 무너뜨립니다.

 이것 말고도 작가가 이름을 가지고 하는 일은 무궁무진합니다. 해리 포터의 숙적 '볼드모트'와 같이 그 이름을 함부로 부를 수 없게 하거나, 주인공이 이름을 뺏기거나 숨기는 경우들도 더러 있습니다. 이름에 얽힌 사연만을 가지고도 이야기 한 편이 뚝딱 만들어지기도 합니다. 그리고 그것은 그것대로 늘 재미와 의미가 있습니다.

 저는 부끄럽게도 사람들의 이름을 잘 기억하지 못합니다. 이러한 탓에 곤란했던 일도 적지 않으니, 어쩌면 지독한 저주에 걸린 것일지도 모르겠습니다. 그러나 저의 몹쓸 기억력과는 상관없이 그들에겐 이름이 있습니다. 제가 미처 읽지 못한 무수히 많은 소설 속 주인공들의 이름처럼 그들의 이름 또한 오늘도 누군가에게 불리거나 기억되고 있을 것입니다.

4장.

작가의 영혼

공부보다 연애가 하고 싶은 왕

윌리엄 셰익스피어 《사랑의 헛수고》

사람들이 평생 쫓는 그 명예를

우리의 청동 무덤에 새겨

죽음의 치욕 속에서도 우리를 빛내게 합시다.

탐욕스러운 시간이 아무리 삼키려 해도,

지금, 살아생전의 피나는 노력은

시간의 날카로운 낫을 무디게 하여

우리의 이름을 영원히 남길 것이오.

사랑의 헛수고(Love's Labour's Lost, 1598)

셰익스피어는 1590년에서 1613년까지 약 24년의 활동 기간 동안 비극 10편, 희극 17편, 사극 10편, 그리고 《소네트》와 다른 몇 편의 시들을 쉬지 않고 발표했습니다. 작가가 글머리에서 독자를 설득해 낸다면 독자는 작가의 이야기에 '정신적으로 공감'할 것입니다.

Shakespeare

요한 볼프강 폰 괴테
《젊은 베르테르의 슬픔》

이렇게 멀리 떠나오니 얼마나 기쁜지 모른다네! 나의 소중
한 친구여. 인간의 마음이란 도대체 무엇이란 말인가! 그렇게
아끼던 자네를 두고 떠나와서는 이렇게 기뻐하고 있다니 말
이야. 하지만 자네는 이런 나를 용서할 거라 믿네. 자네 외에
내가 맺었던 관계들은 마치 내 마음을 괴롭히려고 운명이 미
리 정해놓은 것 같지 않나?

젊은 베르테르의 슬픔(Die Leiden des jungen Werthers, 1774)

괴테는 젊은 시절 한때 법률 사무소에서 일하기도 했는데 당시 약혼자가 있는 샤를로테 부프
라는 여자를 사랑하게 됩니다. 이때의 경험으로 《젊은 베르테르의 슬픔》을 썼고 그 후로 한
차례의 파혼을 겪은 뒤 바이마르로 이주하여 당대의 지성인으로서 다방면에 걸쳐 활약하게
됩니다.

Goethe

헨리 데이비드 소로 《월든》

이 글을, 아니 이 책의 대부분을 쓸 당시에 나는 가장 가까운 이웃과도 1.5km 정도 떨어진 숲속에서 혼자 살고 있었다. 매사추세츠주 콩코드의 월든 호수 근처에 손수 집을 짓고 오직 내 손으로 직접 일해 가며 생계를 꾸렸다. 나는 그곳에서 2년 2개월을 살았고 지금은 다시 문명사회로 돌아와 잠시 머무는 중이다.

월든(Walden, 1854)

1817년 미국 매사추세츠주 콩코드에서 태어나 1862년 미국 콩코드에서 사망한 헨리 데이비드 소로는 한평생 자연 속에서 사색하는 삶을 산 철학자이기도 했으며 오늘날 미국의 대학생들에게 가장 존경받는 작가입니다.

Thoreau

레프 톨스토이 《부활》

수십만 사람들이 좁은 땅덩어리에 모여 그들이 사는 땅을
어떻게든 망가뜨리려고 풀이 다 뽑힌 땅을 돌로 메우고, 석
탄과 석유를 태워 연기를 뿜어대고, 숲을 없애 동물과 새를
전부 몰아냈지만, 그런 도시에서도 봄은 여전히 봄이었다.

부활(Voskresenie, 1899)

러시아의 대문호 톨스토이의 손꼽히는 명언으로는 "모두가 세상을 변화시키겠다고 하지만 정
작 자신이 변하겠다고 생각하는 사람은 없다"가 있습니다.

Tolstoy

D. H. 로렌스 《채털리 부인의 연인》

우리가 사는 시대는 본질적으로 비극적인 시대여서 우리에게는 비극적으로 느껴지지 않는다. 대재앙이 일어나 우리는 폐허 속에 있지만 작은 새 거주지를 만들고 작은 새 희망을 품으려 한다. 쉬운 일은 아니지만 지금은 미래로 이어진 편안한 길 같은 건 없다. 우리는 장애물을 피해 돌아가거나 기어서라도 넘어가야 한다. 하늘이 무너져도 어떻게든 살아가야 한다. 채털리 부인도 이런 상황에 처해 있었다.

채털리 부인의 연인(Lady Chatterley's Lover, 1928)

《채털리 부인의 연인》의 시대적 배경은 제1차 세계 대전 직후입니다. D. H. 로렌스가 1926년에 쓰기 시작해서 1928년에 완성한 소설입니다. 그 배경을 알고 글머리를 읽으면 마치 훌륭한 연설문 같습니다.

Lawrence

한 여자를 사랑한 두 남자

찰스 디킨스 《두 도시 이야기》

최고의 시절이자 최악의 시절이었다. 지혜의 시대이자 어리
석음의 시대였다. 믿음의 세기이자 의심의 세기였다. 빛의 계
절이자 어둠의 계절이었다. 희망의 봄이자 절망의 겨울이었
다. 우리는 모든 것을 가졌지만, 아무것도 가진 게 없었다.
우리는 천국으로 직행하면서, 반대 방향으로도 나아갔다.

두 도시 이야기(A Tale of Two Cities, 1859)

Dickens

조반니 보카치오 《데카메론》

친애하는 숙녀 여러분, 자애로운 여러분의 성품을 생각하면 이 책의 서두가 여러분에게 얼마나 괴롭고 지겹게 느껴질지 염려됩니다. 책머리에서 전염병으로 인한 비참한 죽음과 고통스러운 기억을 다시 꺼내는 것이 최근에 그것을 경험했을 여러분에게 불쾌감을 줄지도 모릅니다. 하지만 책을 읽는 내내 한숨과 눈물에 젖어 있을 걱정은 하지 마십시오. 이 괴로운 시작은 여행자들 앞에 놓인 험준한 산과 같습니다. 험한 산을 오르내리는 수고만큼 그 너머에는 아름다운 평야가 줄 더 큰 기쁨이 기다리고 있습니다. 즐거움의 끝에 고통이 찾아오듯 불행은 다가오는 기쁨으로 끝나기 마련입니다.

데카메론(Decameron, 1353)

Boccaccio

오이디푸스의 딸들

소포클레스 《안티고네》

오, 나와 같은 피를 나눈 나의 자매 이스메네여.

제우스께서 우리 오이디푸스의 자식들에게

내리지 않은 재앙이 없다는 것을 너도 알고 있지?

나는 살아오면서 온갖 불행과 고통,

수치와 굴욕을 이미 다 겪었다고 생각했다.

그런데 다시 또 우리에게 새로운 시련이 내리는구나.

안티고네(Antigone, B.C.441)

그리스 비극의 완성자 소포클레스가 남긴 유명한 명언에는 "가장 큰 비극은 우리 스스로가
자초한 것이다"가 있습니다. 과연 비극의 대가다운 말입니다.

Sophocles

호메로스 《일리아스》

노래하라, 여신이여,

펠레우스의 아들 아킬레우스의 분노를,

아카이아인들에게 수많은 재앙을 안긴 그 잔혹한 분노를.

용맹한 영웅들의 영혼을 하데스에게 보내

그들의 시신이 짐승들의 먹잇감이 되게 하였도다.

이렇듯 제우스의 계획이 이루어졌도다,

인간들의 왕, 아트레우스의 아들과

고귀한 아킬레우스가 처음으로 다투고 갈라선 그날부터.

일리아스(Ilias, B.C.7??)

고고학자 하인리히 슐리만이 1871년에 학계의 정설을 뒤집고 신화 속의 도시 트로이를 실제로 발견할 수 있었던 것은 그가 고고학적 지식보다도 호메로스의 서사시를 사실로 믿었기 때문입니다.

Homer

프란츠 카프카 《학술원에 보내는 보고》

존경하는 학술원 회원 여러분!

여러분들께서는 저에게 원숭이로 살던 날들에 대한 보고서를 제출할 것을 요구하셨습니다. 영광스러운 일이라고 생각합니다만 애석하게도 저는 여러분들의 요구에 응할 수 없음을 알려드립니다. 제가 원숭이였던 시절로부터 5년이라는 세월이 흘렀습니다. 달력상으로는 그리 긴 시간이 아닐지도 모르겠습니다만 제가 살아온 여정을 생각하면 그 시간은 너무나도 긴 시간이었습니다. 훌륭한 분들에게 도움과 조언을 받기도 하고, 박수갈채와 오케스트라의 음악이 함께하기도 했지만 저는 결국에는 혼자였습니다. 말하자면 그런 것들은 저 멀리 떨어진 울타리 너머의 풍경 같은 것에 불과했습니다. 만약 제가 원숭이의 본성과 어린 시절의 기억에만 고집스럽게 매달렸다면 이런 성과는 불가능했을 것입니다.

학술원에 보내는 보고(Ein Bericht für eine Akademie, 1917)

Kafka

겁쟁이는 행복이 두렵다

다자이 오사무 《인간 실격》

부끄러움이 많은 생애를 보내왔습니다.

저는 인간의 삶이라는 것을 도무지 알 수가 없습니다.

인간 실격(人間失格, 1948)

다자이 오사무는 자전적 소설인 《인간 실격》의 집필을 마치고 1948년 6월 13일 그의 애인 야
마자키 토미에와 함께 강물에 몸을 던져 자살하였습니다.

Osamu

한스 크리스티안 안데르센《눈의 여왕》

자, 이제 이야기를 시작하겠습니다!

이야기가 끝날 때쯤 우리는 지금보다 더 많은 것을 알게 될 것입니다.

모든 게 사악한 마물의 소행이었다는 것을요. 마물 중에서도 가장 사악했던 그놈은 '악마'라고 불렸습니다.

어느 날 악마는 기분이 매우 좋았습니다. 그가 만든 거울 때문이었죠.

그 거울은 특별한 능력을 하나 가지고 있었는데 아름다운 것들은 추하게, 추한 것들은 더욱더 추하게 비추었습니다.

눈의 여왕(Snedronningen, 1844)

특히 동화에서 작가가 자신의 인격을 작품 곳곳에 드러내는 경우가 자주 있습니다. 이러한 직접적인 '대화'는 작가가 어린이 독자들을 설득하는 효과적인 방법입니다.

Andersen

"나는 알에서 깨어난 작은 새야."

제임스 매슈 배리《피터와 웬디》

아이들은 모두 자라기 마련이다. 단 한 명을 제외하고. 아이들은 머지않아 자기가 자라게 될 것을 알게 되는 날이 오는데, 웬디에게는 그날이 이렇게 찾아왔다. 그녀가 두 살이었을 때 정원에 핀 꽃을 하나 꺾어 들고 엄마에게 달려갔다. 그 모습이 너무도 사랑스러워 보였던 달링 부인은 가슴에 손을 얹고 "네가 이 모습 그대로 영원히 남아주면 좋으련만!"이라며 탄식했다. 둘 사이에 나눈 대화는 이것뿐이었지만, 그때부터 웬디는 자신이 영원히 아이로 남을 수 없다는 것을 알게 되었다. 두 살이 지나면 누구나 알게 된다. 두 살은 끝의 시작이다.

피터와 웬디(Peter and Wendy, 1911)

제임스 매슈 배리는 진심으로 아이들을 사랑한 작가였습니다. 그는 생전에 책의 저작권과 수익금을 아동병원에 기부했습니다. 자신 또한 영원한 아이로 남고 싶었던 그는 삶의 끝자락에서 "나는 피터 팬으로 살았다"라고 고백했습니다.

Barrie

카를로 콜로디《피노키오의 모험》

옛날 옛적에—

"왕이 살았어요!"

어린이 여러분은 이렇게 외쳤을 거야.

하지만 얘들아, 틀렸단다.

옛날 옛적에 나무토막이 하나 있었단다.

값비싼 나무도 아니고 그냥 평범한 나무토막이었지. 겨울이면 불을 지피고 방을 따뜻하게 할 때 쓰는 그런 장작개비 말이야.

피노키오의 모험(Le avventure di Pinocchio, 1883)

이탈리아 피렌체 출신의 카를로 콜로디는 아동 문학 작가가 되기 전에는 두 번의 전쟁에 참전한 이탈리아 육군의 소령이었습니다. 아이들에게 '틀렸다'라고 말하는 그에게서 어쩐지 군인다움이 느껴집니다.

Collodi

지하 생활자의 시대착오

표도르 도스토옙스키
《지하로부터의 수기》

나는 병든 인간이다…. 나는 심술궂은 인간이다. 나는 호
감이 가지 않는 인간이다.

내 생각에 나는 간이 아픈 것 같다. 사실 나는 내 병에 대
해 아는 게 없다. 정확히 어디가 아픈 것인지도 모르겠다. 의
학과 의사를 존중하기는 하지만 치료를 받은 적도 없고 치
료를 받을 생각도 없다. 내가 의학과 의사들을 존중하는 것
과 별개로 나는 매우 미신적인 사람이다. (나는 미신을 믿지
않을 만큼 교육을 받았지만, 그래도 여전히 미신을 믿는다.)

지하로부터의 수기(Zapíski iz podpól′ya, 1864)

도스토옙스키는 자신이 쓴 소설을 '자신을 위해 쓴, 위대한 죄인의 고백록'이라고 표현했을 정
도로 자전적 성향이 짙은 작품들을 남겼습니다. 《지하로부터의 수기》 역시 작품을 쓸 당시 그
의 아내가 폐결핵을 심하게 앓았고 도스토옙스키 자신도 병적인 상태에 있었습니다.

Dostoevsky

사데크 헤다야트 《눈먼 올빼미》

삶에는 고독 속에서 천천히 영혼을 갉아먹는 오래된 상처
가 있다.

이 상처의 고통을 타인에게 이해시키기란 불가능하다. 사
람들은 보통 이러한 믿기 어려울 정도의 고통을 단지 비정상
적인 것으로 치부하는 경향이 있다. 이 고통을 설명하려 하
거나 글을 쓴다고 해도 사람들은 세상의 상식이나 개인적
인 신념을 기준으로 의심하거나 비웃기 일쑤다. 이러한 몰이
해의 이유는 인류가 아직 이 병의 치료법을 찾아내지 못했기
때문이다.

눈먼 올빼미(Boof-e koor, 1936)

사데크 헤다야트는 1903년 이란의 테헤란에서 태어났고 1951년 프랑스 파리에서 사망했습니
다. 그는 프란츠 카프카의 《변신》을 페르시아어로 번역하기도 하였습니다. 《눈먼 올빼미》는
2006년부터 이란 정부에 의해 금서로 지정되어 있습니다.

Hedayat

인간의 밑바닥

이상 《실화》

사람이

비밀이 없다는 것은 재산 없는 것처럼 가난하고 허전한 일

이다.

실화(失花, 1939)

글의 첫머리에서 작가의 자기 고백적 주장에 설득당한 독자들은 이어지는 이야기를 정당한
것으로 받아들이게 됩니다.

나혜석 《신생활에 들면서》

「나는 가겠다.」

「어디로?」

「서양으로.」

「서양 어디로?」

「파리로.」

「무엇하러?」

「공부하러.」

「다 늙어 공부가 뭐야?」

「젊어서는 놀고 늙어서는 공부하는 것이야.」

신생활에 들면서(1935)

제인 오스틴 《오만과 편견》

재산이 많은 독신 남성에게 아내가 필요하다는 것쯤은 누구나 아는 상식이다.

그런 남자가 새 이웃이 되면, 그 사람의 감정이나 가치관이 어떻든 간에, 동네 사람들은 마음속에 확고히 자리 잡은 그 상식에 따라 그를 자기네 딸들 중 하나가 차지해야 할 재산쯤으로 여기게 마련이다.

오만과 편견(Pride and Prejudice, 1813)

《오만과 편견》의 유명한 첫 문장에는 작가 자신의 철학이 녹아있습니다. 누구라도 수긍할 만한 문장으로 이야기를 시작하는 것은 작가가 독자를 설득하여 동의를 얻어내는 효과적인 방법입니다.

Austen

레프 톨스토이 《안나 카레니나》

행복한 가정은 모두 비슷한 이유로 행복하지만 불행한 가정은 저마다의 이유로 불행하다.

오블론스키 집안은 모든 것이 엉망이었다. 남편이 가정교사였던 프랑스 여자와 바람난 것을 알게 된 아내가 남편에게 더는 한집에서 살 수 없다고 통보했다. 이런 상황이 사흘째 이어지자 당사자인 남편과 아내는 물론 다른 가족과 하인들까지 못 견디게 괴로웠다.

안나 카레니나(Anna Karenina, 1878)

Tolstoy

밀실 살인사건의 전말

에드거 앨런 포《모르그가의 살인》

세이렌들이 부른 노래가 무엇이었는지, 아킬레우스가 여인들 속에 숨어 있을 때 그가 어떤 이름을 사용했는지는 답하기 어려운 수수께끼지만 추측할 수 없는 것은 아니다.

—토머스 브라운 경

분석이라는 정신적 특성은 그 자체만으로는 분석하기 어렵다. 우리는 오직 결과를 통해서만 그것을 알아볼 수 있다. 분석력이 뛰어난 사람일수록 분석 자체에서 더 큰 즐거움을 느낀다. 힘이 센 사람이 신체 능력을 뽐낼 수 있는 운동에서 기쁨을 느끼듯이, 분석가는 복잡한 문제를 풀어내는 지적 활동에서 기쁨을 느낀다.

모르그가의 살인(The Murders in the Rue Morgue, 1841)

글머리에서 작가가 인용하는 문장에는 작가가 소설을 쓰게 된 계기나 작가의 인생관이 녹아 있기도 합니다. 따라서 독자들이 소설뿐 아니라 작가의 정신세계를 이해하는 직접적인 단서가 되기도 합니다.

Poe

영웅호걸들이 천하를 다투던 시절

나관중 《삼국지연의》

무릇 천하의 대세란 오래 나뉘면 반드시 합하고, 오래 합하면 반드시 나뉘게 된다.

주나라 말기에는 일곱 나라가 나뉘어 싸우다 진나라로 합했고, 진나라가 멸망하자 초나라와 한나라로 나뉘어 싸우다 다시 한나라로 합하였다. 한고조가 백사를 베고 봉기해 천하를 하나로 합한 이래 광무제가 나라를 중흥시켰으나 헌제에 이르러 결국 다시 세 나라로 나뉘게 되었다.

삼국지연의(三國志演義, 1522)

신에게 바치는 노래

라빈드라나드 타고르 《기탄잘리》

당신은 나를 영원하게 만드시니
그것이 곧 당신의 기쁨입니다.
연약한 그릇을 비우고 또 비워,
다시금 새로운 생명으로 가득 채우십니다.

이 작은 갈대 피리를 들고
당신은 언덕에서 골짜기에서
영원히 새로운 선율을 불어넣으십니다.

당신의 손길이 닿을 때마다
이 작은 가슴은 기쁨의 한계를 넘어
말로 다할 수 없는 말을 낳습니다.

기탄잘리(Gitanjali, 1912)

Tagore

마르셀 프루스트
《잃어버린 시간을 찾아서》

오랫동안 나는 일찍 잠자리에 들었다.

때로는 촛불이 꺼지자마자 눈이 너무 빨리 감겨서 '잠이 드는구나'라고 스스로 생각할 틈조차 없었다. 그러다 삼십여 분이 지나서야 잠을 자야 한다는 생각에 잠이 깨곤 했다. 나는 여전히 손에 책을 들고 있다고 생각해 내려놓으려 했고 촛불을 끄려고 했다.

잃어버린 시간을 찾아서(À la recherche du temps perdu, 1913)

Proust

디오니소스 페이소스

한 편의 소설에는 보통 다수의 인물이 등장합니다. 그들은 얼굴도, 목소리도, 성격도 전부 다릅니다. 실감 나는 소설일 수록 더 그렇습니다. 말하자면 그들은 서로 다른 영혼을 가진 것입니다. 이런 일이 어떻게 가능한 걸까요? 소설가는 영혼을 몇 개씩이나 가지고 있는 걸까요?

분명 소설가에게도 영혼은 하나뿐일 것입니다. 다만 소설가는 자신의 영혼을 조각내서 작품 속 인물들에게 나누어 줍니다. 꽤 고통스러운 일처럼 들려도 이렇게 영혼을 불어넣은 인물들이 살아 움직이는, 생명력 넘치는 소설을 쓰는 것은 소설가에게 분명 흥분과 쾌감을 줄 것입니다. 그리스 신화 속 디오니소스는 제우스의 허벅지에서 태어나자마자 거인 족들에게 몸이 갈가리 찢긴 신입니다. 그 후에 그의 몸은 누더기처럼 꿰매졌습니다. 그런 디오니소스가 상징하는 것이 견딜 수 없는 고통이 아닌 술과 축제와 흥분과 광기인 것은 의미심장합니다.

결국 소설을 쓰는 행위는 소설가가 온전한 자신을 드러내는 일이 아닙니다. 소설을 쓰는 동안에 소설가는 조각나있고, 취해있고, 살짝 미쳐있습니다. 일례로, 러시아의 작가 도스토옙스키는 도박중독이던 시절에도 돈을 벌기 위해 끊임없이 소설을 써야 했으며, 소설 한 편을 처음부터 끝까지 구술해서 속기사에게 빠짐없이 받아적게 했다고 합니다. 그 속기사는 훗날 도스토옙스키의 두 번째 아내가 됩니다. 천재적이라고 할 수 있지만 도무지 맨정신으로 보이지는 않습니다.

그래서 저는 소설을 읽고 소설가를 이해할 수 있다는 생각은 하지 않습니다. 그렇지만 아주 드물게 소설가의 진짜 감정이, 달리 말해 그 사람의 '페이소스(pathos)'가 느껴질 때가 있습니다. 단지 그렇게 믿고 싶은 것일 수도 있지만, '이 작가는 사실 이런 마음이 아닐까?'하고 생각하게 되는 경우가 있습니다. 철학자 아리스토텔레스는 연설자가 청중을 사로잡는 세 가지 비결로 도덕성을 뜻하는 '이소스(ethos)', 논리를 뜻하는 '로고스(logos)', 그리고 페이소스를 제시했습니다. 소설가가 소설에서 자신을 드러내고 진솔하게 건네오는 말에는 독자를 끌어당기는 힘이 있습니다.

5장.

소설가의 호밀밭

윌리엄 셰익스피어 《로미오와 줄리엣》

이야기가 시작되는 이곳 아름다운 베로나에

비슷한 명망을 가진 두 가문이 있으니

오래된 원한은 새로운 분쟁을 낳아

시민들의 손이 시민들의 피로

더럽혀졌습니다.

이 두 원수의 집안에서

한 쌍의 불행한 연인이 태어나

가엾고 불운한 죽음을 맞으니

그들의 비참한 몰락으로 인해

부모들의 원한도

그 죽음 속에 묻히게 되었습니다.

로미오와 줄리엣(Romeo and Juliet, 1597)

셰익스피어의 4대 비극에는 《햄릿》, 《오셀로》, 《리어왕》, 《맥베스》가 있습니다. 《로미오와 줄리엣》은 여기에 포함되지 않습니다. 로미오와 줄리엣의 도시 이탈리아 베로나에서는 매년 로미오와 줄리엣을 테마로 하는 오페라 축제가 열리고 있습니다.

Shakespeare

에밀 졸라 《여인들의 행복 백화점》

드니즈와 두 남동생은 셰르부르에서 출발하는 기차의 딱딱한 3등 칸 좌석에 몸을 실었다. 밤을 꼬박 새워 생 라자르 역에 도착한 셋은 내려서 걷기 시작했다. 드니즈는 한 손으로 어린 동생 페페를 꼭 잡고 걸었고 장이 그 뒤를 따랐다. 안 그래도 기차 여행에 지친 셋은 머리가 빙빙 돌 정도로 높은 건물들이 즐비한 파리 한가운데서 겁을 잔뜩 집어먹었다. 보뒤 삼촌이 사는 미쇼디에르가로 가기 위해 교차로마다 멈춰 서서 길을 물어봐야만 했다. 가까스로 가이용 광장에 다다랐을 때, 순박한 시골 처녀는 깜짝 놀라 그 자리에서 멈춰 섰다.

여인들의 행복 백화점(Au Bonheur des Dames, 1883)

Zola

헨리크 입센《인형의 집》

세련됐지만 사치스럽지 않은 가구들로 아늑하게 꾸며진 거실.

뒤쪽 배경의 오른쪽에는 현관으로 통하는 문이, 왼쪽에는 헬메르의 서재로 통하는 문이 있다. 이 두 문 사이에는 피아노가 한 대 놓여 있다. 왼쪽 벽 중앙에는 문이 하나 있고 그 앞에는 창문이 있다. 창문 근처에는 둥근 테이블과 함께 안락의자와 작은 소파가 놓여 있다.

인형의 집(Et dukkehjem, 1879)

노르웨이의 극작가 헨리크 입센은 《인형의 집》으로 일약 세계적인 명성을 얻었습니다. 그의 자필 서명이 있는 《인형의 집》 원고는 2001년부터 세계기록유산으로 등재되어 있습니다.

Ibsen

유진 오닐 《밤으로의 긴 여로》

1912년 8월의 어느 날 아침, 제임스 타이론의 여름 별장 거실.

뒤쪽에는 커튼이 달린 문이 두 개 있다. 오른쪽 문을 열면 잘 꾸며놓기는 했지만 거의 사용하지 않는 것처럼 보이는 앞 응접실이 나온다. 다른 문은 창문도 없이 어두컴컴한 뒤 응접실로 이어지는데, 이곳은 거실과 식당을 오가는 통로로만 사용된다. 두 문 사이 벽에는 작은 책장이 있고 그 위에는 셰익스피어의 초상화가 걸려있다. 책장에는 발자크, 졸라, 스탕달의 소설들과 쇼펜하우어, 니체, 마르크스, 엥겔스, 크로폿킨, 막스 슈티르너의 철학서들, 그리고 입센, 쇼, 스트린드베리의 희곡들과 스윈번, 로제티, 와일드, 어니스트 다우슨, 키플링 등의 시집들이 꽂혀 있다.

밤으로의 긴 여로(Long Day's Journey into Night, 1956)

O'Neill

이효석 《낙랑다방기》

운동 부족이 될까를 경계해서 학교에서 나가는 시간을 이용해 다방까지 걸어가고 다방에서 다시 집까지 걸어가는 이 코스를 작정하고도 날씨가 추워지기 시작하면서부터는 여행의 날이 차차 줄어져 간다.

집에서 학교까지 10분, 학교에서 다방까지 20분, 다방에서 집까지 30분가량의 거리—이만큼만 걸으면 하루의 운동으로 족하리라고 생각한 것이다.

낙랑다방기(1938)

李孝石

시대에 휩쓸린 청춘들의 이야기

강경애 《파금》

인천 진남포를 왕래하는 기선 영덕환은 웅진 기린도를 외로이 뒤에 남겨놓고 검은 연기를 길게 뽑으며 서편으로 서편으로 향하여 움직이고 있다. 동쪽 하늘에 엉킨 구름 속으로 손길같이 내뽑는 붉은 햇발이 음습한 안개를 일시에 거두어 먼 산 밑에 흰 막을 드리우고 그 위로 보이는 푸른 하늘은 사람의 마음을 가볍게 한다. 마치 질곡에서 해방된 노예의 마음과 같이……

파금(破琴, 1931)

姜敬愛

어여쁜 경숙이에게 찾아온 비극

이익상 《유산》

경부선 아침 열차가 부평평야의 안개를 가슴으로 헤치고 영등포역에 닿을 때다. 경숙이는 아직도 슬슬 구르는 차바퀴 소리를 들으면서 차창을 열고 윗몸이 차 밑으로 쏠릴 것같이 내놓고 플랫폼 위를 일일이 점검하려는 것같이 살폈다. 그러나 영등포역까지쯤이야 맞아줌 직한 기호의 얼굴이 보이지 않았다.

그는 집을 떠날 때에 전보로 통지를 하였었다.

유산(流産, 1929)

1895년에 태어나 1935년에 사망한 이익상의 본업은 언론인이었습니다. 1920년에 처음으로 〈호남신문〉 사회부장이 되었고 〈조선일보〉 학예부장과 〈동아일보〉 학예부장을 거쳐 1930년부터 조선총독부 기관지인 〈매일신보〉에서 편집국장 대리로 재직했습니다.

살인자가 된 아버지

최서해 《홍염》

겨울은 이 가난한---백두산 서북편 서간도 한 귀퉁이에 있는 이 가난한 촌락 빼허에도 찾아들었다. 겨울이 찾아들면 조그마한 강을 앞에 끼고 큰 산을 등진 빼허는 쓸쓸히 눈 속에 묻히어서 차디찬 좁은 하늘을 치어다보게 된다.

눈보라는 북극의 특색이다. 빼허의 겨울에도 그러한 특색이 있다. 이것이 빼허의 생령들을 괴롭게 하는 것이다. 오늘도 눈보라가 친다.

홍염(紅焰, 1927)

崔曙海

여가 들려주는 어느 미친 화가 이야기

김동인 《광화사》

인왕(仁王)—.

바위 위에 잔솔이 서고 아래는 이끼가 빛을 자랑한다.

굽어보니 바위 아래는 몇 포기 난초가 노란 꽃을 벌리고 있다. 바위에 부딪히는 잔바람에 너울거리는 난초잎.

여는 허리를 굽히고 스틱으로 아래를 휘저어 보았다. 그러나 아직 난초에서는 사오 척의 거리가 있다. 눈을 옮기면 계곡.

광화사(1935)

전염병에 맞서는 인간의 의지

알베르 카뮈《페스트》

194×년 오랑에서 기이한 사건들이 일어났다. 오랑은 이런 사건들이 일어날 만한 도시는 아니었다. 그저 프랑스 알제리 해안에 있는 평범한 도청 소재지였다.

이 밋밋한 도시를 어떻게 더 설명할 수 있을까?

페스트(La Peste, 1947)

오랑은 알제리 서북부의 도시로 인구는 약 90만 명입니다. 오랑은 오스만의 지배 아래에 있던 1831년 프랑스군에 의해 함락되었습니다. 그 후로 프랑스의 통치를 받다가 1962년 알제리의 독립과 함께 알제리의 땅이 되어 오늘에 이르고 있습니다.

Camus

알렉상드르 뒤마 《몬테크리스토 백작》

1815년 2월 24일, 노트르담 드 라 가르드 망루에서 스미르나, 트리에스테, 나폴리를 거쳐 들어오는 삼범선 파라옹호의 입항을 알리는 신호를 보냈다. 평소처럼 도선사가 항구에서 출발해 이프성을 지나 모르지우곶과 리옹성 사이에 있는 배에 올랐다. 생장 요새 성벽으로 구경꾼들이 몰려들었다. 긴 항해를 마치고 도착하는 배는 언제나 항구 주민들의 관심을 끌기 마련인데, 특히나 파라옹호처럼 마르세유에서 건조된 데다 마르세유에 사는 선주가 소유한 배일 때는 더더욱 그러했다.

몬테크리스토 백작(Le Comte de Monte-Cristo, 1844)

Dumas

알퐁스 도데 《별》

　　뤼브롱에서 양 떼를 돌보던 시절에, 나는 몇 주씩 사람이라고는 구경도 못 한 채 나의 개 라브리와 양 떼들과 함께 목초지에서 홀로 지내곤 했다. 가끔 몽드뤼르에 은둔하며 약초를 캐는 사람이 지나가거나 피에몽에서 숯을 굽는 사람의 새까만 얼굴이 멀리서 보이고는 했다. 그러나 그들은 고독한 생활에 익숙해져 말이 없어진 순박한 사람들로 대화의 즐거움을 잊은 지 오래였고 아랫마을과 도시에서 무슨 이야기가 오가는지 전혀 알지 못했다.

별(Les Étoiles, 1879)

프랑스 프로방스 문학의 상징이라 불리는 알퐁스 도데는 집필 활동을 하는 동안 프로방스에 간 적이 없으며, 리옹이나 파리와 같은 대도시에서 평생을 살았다고 합니다. 프로방스와 같이 지방의 특색이 강한 공간은 작품 전체에 걸쳐 전원적인 정서를 만들어 냅니다.

Daudet

캔터베리로 가는 30인의 순례자들

제프리 초서 《캔터베리 이야기》

4월의 달콤한 소나기가

3월의 마른 땅을 뿌리까지 적시고

모든 줄기를 촉촉하게 적셔

꽃을 피우던 때

서쪽에서 바람의 신이

향긋한 숨결로

산과 들과 숲에

새 생명을 불어넣을 때

캔터베리 이야기(Tales of Caunterbury, 1400)

제프리 초서는 그의 작품 《기사의 우화》가 영감을 준 2001년 작 히스 레저 주연의 미국 영화
《기사 윌리엄》에서 주인공 윌리엄을 따라다니는 주정뱅이 음유시인으로 등장합니다. 이러한
묘사는 잉글랜드 왕실의 문헌학자이기도 했던 그의 본래 모습과는 다른 것이었습니다.

Chaucer

앙투안 드 생텍쥐페리 《야간비행》

비행기 아래로 보이는 언덕들이 황금빛 저녁노을 속에 골짜기마다 그림자를 드리우기 시작했다. 들판을 환히 비추는 빛은 쉽게 사그라들 것 같지 않았다. 겨울이 지나도 남아 있는 눈처럼 이 땅에는 여전히 빛이 남아 있었다.

야간비행(Vol de Nuit, 1931)

한국인이 사랑하는 동화 《어린 왕자》의 작가 앙투안 드 생텍쥐페리는 프랑스 공군의 뛰어난 조종사였습니다. 그는 1944년 제2차 세계 대전 당시 정찰 비행을 하던 도중에 지중해 상공에서 행방불명되었습니다.

Saint-Exupéry

생명을 갉아먹는 마법

오노레 드 발자크 《나귀 가죽》

1830년 10월 말경. 욕망에 사로잡힌 과세 대상들을 보호하기 위해 법으로 정한 도박장의 개장 시간에 맞춰 한 청년이 '팔레-루아얄'에 들어섰다. 그는 주저 없이 36번이라고 적힌 도박장으로 향하는 계단을 올라갔다.

"선생님, 모자를 벗어 주시겠어요?" 철책 그림자 속에 웅크리고 있던 작은 노인이 갑자기 일어서더니 창백하고 천박한 얼굴을 드러내며 말했다. 도박장에 들어서면 일단 쓰고 있는 모자부터 벗어 주는 게 이곳의 법칙이다.

나귀 가죽(La Peau de chagrin, 1831)

1799년 프랑스에서 태어난 발자크는 소르본대학에 다니던 시절 철학에 심취했다고 합니다. '정신의 불멸'에 관한 논문을 쓰기 위해 데카르트를 공부했고 스피노자의 철학서들을 프랑스어로 번역하기도 했습니다.

Balzac

아서 코난 도일 《셜록 홈즈의 귀환》

1894년 봄, 로날드 어데어 공이 도저히 이해할 수 없는 이상한 방식으로 살해되면서 사교계가 발칵 뒤집혔고, 런던 전체의 시선이 그 사건으로 쏠렸다. 경찰 조사를 통해 드러난 정보들이 어느 정도 대중에게 알려지기는 했지만 이미 검찰 측은 확신에 차 있었기 때문에 모든 일들이 외부에 알려지지 않은 채 사건이 마무리되었다. 나는 거의 10년의 세월이 흐른 지금에 와서야 비로소 그 놀라운 사건에서 빠진 연결고리를 채워 전체적인 그림을 그릴 수 있었다. 사건은 그 자체로도 충분히 흥미로웠지만 그 뒤에 일어난 뜻밖의 결말에 비하면 아무것도 아니었다. 그 결말은 모험으로 가득 찬 내 삶에서 가장 큰 충격과 놀라움을 안겨준 사건이었다.

셜록 홈즈의 귀환(The Return of Sherlock Holmes, 1905)

셜록 홈즈 하면 빼놓을 수 없는 것은 그가 '런던'의 명탐정이라는 것입니다. 작품 속에서 홈즈가 사는 런던의 베이커가에는 당시 221번지가 없었습니다. 현재 베이커가 221번지에는 셜록 홈즈 박물관이 있습니다.

Doyle

종을 치는 꼽추의 사랑

빅토르 위고《파리의 노트르담》

파리 사람들이 시테섬, 대학, 그리고 시내에서 한꺼번에 울리는 요란한 종소리에 잠에서 깬 지가 오늘로 삼백사십팔 년하고도 여섯 달 열아흐레가 지났다. 그러나 1482년 1월 6일 이 역사에 기록될 만한 날은 아니었다.

파리의 노트르담(Notre-Dame de Paris, 1831)

Hugo

보물을 찾아낸 소년의 모험담

로버트 루이스 스티븐슨《보물섬》

대지주인 트릴로니 경과 의사인 리브지 선생님을 비롯해 함
께했던 다른 신사분들이 나에게 섬의 위치는 밝히지 않는
조건으로 보물섬에 관한 모든 이야기를 처음부터 끝까지 자
세히 써 보는 게 어떻겠냐고 제안했다. 섬의 위치를 밝히지
않는 건, 단지 그 섬에 아직 가져오지 못한 보물이 남아 있기
때문이다.

보물섬(Treasure Island, 1883)

Stevenson

아낌없이 주는 왕자

오스카 와일드 《행복한 왕자》

도시 위 높은 곳, 커다란 기둥 위에는

행복한 왕자의 동상이 세워져 있었습니다.

그의 온몸은 얇은 순금으로 덮여있었고,

그의 두 눈에는 반짝이는 사파이어가 박혀 있었으며,

그의 칼자루에는 커다란 붉은 루비가 빛나고 있었습니다.

행복한 왕자(The Happy Prince, 1888)

행복한 왕자의 동상이 도시의 높은 곳에 있다는 것은 작품 속에서 매우 중요합니다. 높은 곳에 서서 도시의 비참한 사람들을 내려다보며 눈물 흘리던 행복한 왕자는 그들을 돕기로 결심합니다.

Wilde

아쿠타가와 류노스케《라쇼몽》

어느 날 해 질 녘의 일이었다. 하인 하나가 라쇼몽 아래서 비가 멎기를 기다리고 있었다. 넓은 문 아래에는 이 남자 말고는 아무도 없었다. 다만 군데군데 붉은 칠이 벗겨진 커다란 기둥에 귀뚜라미 한 마리가 앉아 있었다. 라쇼몽이 주작대로에 있다 보니 이 남자 말고도 비 멎기를 기다리는 갓 쓴 여인이나 두건 쓴 사내가 두셋쯤 있을 법도 했다. 그러나 이 남자 외에는 아무도 없었다.

라쇼몽(羅生門, 1915)

Ryūnosuke

집으로 돌아가는 길

이효석《소라》

하루에도 몇 차례씩 고깃배가 들어올 때마다 판매소 창고 앞은 모이는 사람들로 금시에 장판을 이룬다. 선창에 수북이 쌓인 고기를 혹은 그물채로 혹은 통에 담아서 창고에 옮기기가 바쁘게 포구의 여인들은 함지를 들고 모여들 든다. 판매소 서기가 장부를 들고 고기를 나누고 적고 할 때에는 어느덧 거의 고기만큼의 수효의 여인들이 그를 둘러싸고 만다. 고기와 사람의 산더미 속에서 허덕이면서 한 사람씩 한 사람씩 함지에 분부해 주면 여인들은 차례차례로 담아가지고는 그 길로 읍내로 향한다. 읍내 장터까지는 오릿길이다. 여인들은 하루에도 몇 차례씩 그 길을 그렇게 왕복함으로써 한집안의 생계를 이어간다.

소라(1938)

1907년에 태어나 1942년 사망한 가난한 소설가 이효석은 한때 직업을 얻으려 했습니다. 그러나 좀처럼 일을 구할 수 없었던 그는 중학교 시절의 은사에게서 조선총독부 경무국 검열계 자리를 소개받습니다. 이효석은 열흘 일하고 그곳을 그만뒀다고 합니다.

李孝石

이익상《가상의 불량소녀》

　병주는 오늘 밤에도 사람의 물결에 휩싸여 창경원 문 안으로 들어섰다. 비 갠 뒤의 창경원 안은 깨끗하였다. 먼지를 먹으러 오는지, 꽃구경을 오는지 까닭을 알 수 없을 만큼 번잡하던 창경원 안의 사람도 깨끗하여 보였다. 속취와 진애에 젖고 물들었던 꽃과 불은 오늘 저녁만은 꽃다웠고 불다웠다. 병주는 지는 꽃잎이 서늘한 바람에 약간 휘날리는 꽃 밑으로 식물원 편을 향하고 천천히 걸었다.

가상의 불량소녀(1929)

꽃구경 나온 사람들로 가득한 '창경원'이 주는 분위기는 특별합니다. 계속해서 이어지는 공간의 서술은 독자들을 그날의 그곳으로 계속해서 끌어당깁니다. 1909년 일제가 창경궁을 개조하여 만든 창경원은 1983년 폐쇄 후 1986년 창경궁으로 복원되었습니다.

李盎相

천재 작곡가의 방화와 살인

김동인 《광염 소나타》

독자는 이제 내가 쓰려는 이야기를 유럽의 어떤 곳에 생긴 일이라고 생각하여도 좋다. 혹은 사십 오십 년 뒤에 조선을 무대로 생겨날 이야기라고 생각하여도 좋다. 다만, 이 지구상의 어떠한 곳에 이러한 일이 있었는지도 모르겠다, 있는지도 모르겠다, 혹은 있을지도 모르겠다, 가능성은 있다——이만치 알아두면 그만이다.

광염 소나타(1921)

金東仁

어느 이산가족 이야기

이인직 《혈의 누》

일청전쟁의 총소리는 평양 일경이 떠나가는 듯하더니, 그
총소리가 그치매 사람의 자취는 끊어지고 산과 들에 비린 티
끌뿐이라.

혈의 누(1906)

어니스트 톰슨 시튼 《시튼 동물기》

뉴멕시코주 북부에 커럼포라는 광활한 목축 지대가 있다. 비옥한 초원과 수많은 가축 떼가 넘치는 이곳은 평지가 그대로 위로 솟은 것 같은 메사들이 군데군데 있고 그 사이로 귀한 물줄기가 흘렀다. 이 물줄기들은 커럼포강에서 하나로 모이게 되는데, 커럼포라는 지명도 이 강에서 비롯된 것이었다. 그런 커럼포 일대를 지배하며 위세를 떨치던 한 늙은 회색 늑대가 있었다.

시튼 동물기(Wild Animals I Have Known, 1898)

동물학자이자 화가이자 작가인 어니스트 톰슨 시튼이 남긴 명언으로는 "자연은 사람 없이 존재할 수 있지만 사람은 자연 없이 존재할 수 없다"가 있습니다.

Seton

영웅으로 살기 위하여

미겔 데 세르반테스 《돈키호테》

그리 오래되지 않은 옛날, 이름까지 기억하고 싶지는 않은 라만차 지방의 어느 마을에 한 시골 귀족이 살고 있었다. 그의 집에는 창걸이에 걸린 창과, 낡은 방패가 있었고, 여윈 말한 마리와 날쌘 사냥개 한 마리를 데리고 있었다. 그는 평소에 양고기보다 소고기가 더 많이 들어간 스튜와 잘게 썬 소고기 샐러드를 저녁으로 주로 먹었고, 토요일에는 달걀과 돼지고기 요리를 금요일에는 콩 요리를 그리고 일요일에는 새끼 비둘기 요리를 곁들여 먹었는데 그렇게 수입의 4분의 3을 지출했다.

돈키호테(Don Quixote de la Mancha, 1605)

1547년 카스티야 왕국에서 태어난 미겔 데 세르반테스는 본래 군인이었습니다. 그는 1571년 레판토 해전에 참전하였다가 가슴과 왼손에 총상을 입는 바람에 그 후로 왼손을 쓰지 못하게 되었습니다. 바람이 많이 부는 들판 위로 풍차가 줄지어 있는 스페인 라만차 지방의 풍경은 시골 기사 돈키호테 이야기의 상징이 되었습니다.

Cervantes

조지 엘리엇 《사일러스 마너》

농가에서 물레가 분주하게 돌아가던 시절, 심지어 레이스
장식이 달린 비단옷을 입은 귀부인들조차도 반질반질하게
윤이 나는 참나무로 만든 장난감 물레를 가지고 있던 시절.
멀리 외딴곳이나 깊은 산골에서는 창백하고 왜소한 남자들
이 보이곤 했다. 그들은 건장한 시골 남자 옆에 서면 권리를
박탈당한 종족의 후손들처럼 보였다. 이런 이방인이 초겨울
해 질 녘의 어둠 속에서 언덕 위로 모습을 드러내면 양치기
개는 맹렬히 짖어댔다. 커다란 짐을 메고 허리가 굽은 모습으
로 서 있는 사람을 어떤 개가 반기겠는가?

사일러스 마너(Silas Marner, 1861)

몸이 투명해진 인간의 광기

허버트 조지 웰스 《투명인간》

2월 초, 그해 마지막 폭설이 내린 어느 겨울날 아침. 두툼한 장갑을 낀 손에 검은색 여행 가방을 든 이방인은 브램블허스트 기차역에서 내려 날 선 바람과 눈보라를 헤치고 언덕을 넘어 걸어왔다. 그는 머리부터 발끝까지 온몸을 꽁꽁 싸맸고, 눌러쓴 중절모는 코끝만 살짝 빛나 보일 정도로 얼굴을 완전히 가리고 있었다. 어깨와 가슴에 쌓이는 하얀 눈더미가 그가 짊어진 짐을 더욱 짓누르는 것 같았다.

투명인간(The Invisible Man, 1897)

《타임머신》, 《투명 인간》, 《우주전쟁》 등의 작품을 발표한 영국 작가 허버트 조지 웰즈는 프랑스 작가 쥘 베른과 함께 SF 문학의 창시자로 평가받습니다.

Wells

악마가 깃든 여자의 몸

에밀 졸라 《나나》

밤 9시, 바리에테 극장 객석은 여전히 비어 있었다.

몇몇 관객들만 발코니석과 오케스트라석의 붉은 벨벳 좌석에 앉아 희미한 샹들리에 불빛 아래서 멍하니 막이 오르기를 기다리고 있었다. 커다란 붉은 무대막은 어둠 속에 잠겨 있었고 무대에서는 아무 소리도 들려오지 않았다. 무대 조명도 꺼진 채 오케스트라의 보면대들만 흩어져 있었다.

나나(Nana, 1880)

프랑스 작가 에밀 졸라는 1898년 드레퓌스 사건의 진범이 무죄 판결을 받은 것에 분노하며 신문에 〈나는 고발한다…!〉를 쓴 뒤 영국으로 망명하였습니다.

Zola

라이너 마리아 릴케 《말테의 수기》

사람들은 살기 위해 이곳에 온다지만 내가 보기에는 오히려 사람들이 이곳에서 죽어가는 것 같다. 외출했다가 돌아오면서 몇 군데 병원을 보았다. 한 사내가 비틀거리다 쓰러졌는데, 그 주위로 사람들이 모여들어 그 이후에 어떻게 되었는지까지는 볼 수 없었다. 임신한 여자도 한 명 보았다. 그녀는 햇빛을 받아 따뜻해진 높은 벽을 따라 힘겹게 걸음을 옮기면서 벽이 아직 그 자리에 있는지 확인이라도 하듯 때때로 벽에 손을 짚어 보곤 했다. 물론 벽은 여전히 그 자리에 있었다.

말테의 수기(Die Aufzeichnungen des Malte, 1910)

독일의 위대한 작가 라이너 마리아 릴케는 1926년 가을 장미꽃을 꺾다가 가시에 찔리는 바람에 패혈증에 걸려 사망합니다. 그래서 그를 '장미에 찔려 죽은 시인'이라고도 부릅니다.

Rilke

싱클레어 루이스 《배빗》

제니스시의 고층 건물들은 아침 안개 위로 우뚝 솟아 있었다. 강철과 시멘트, 석회석으로 지어진 장엄한 탑들은 절벽처럼 견고하면서도 은으로 만든 기둥처럼 섬세했다. 그 건물들은 성채도, 교회도 아닌, 그냥 사무실일 뿐이지만 솔직히 말해 아름다웠다.

안개는 이전 세대의 낡은 구조물들을 연민으로 감쌌다. 지붕에 판자를 얹어 놓은 우체국, 붉은 벽돌로 된 고루하고 낡은 집들, 창문에 그을음이 잔뜩 낀 공장들, 허름한 잿빛 목조 주택들. 도시에 가득하던 이런 흉물스러운 건축물들은 이제는 깔끔한 고층 건물들에 의해 중심가에서 쫓겨나고 있었고, 저 멀리 언덕에는 반짝이는 새로 지은 집들이 보였다. 그곳에는 마치 웃음과 평화만이 머무를 것만 같았다.

배빗(Babbit, 1922)

제니스시는 소설 속에 등장하는 가상의 도시입니다. 작가가 만든 허구의 공간이지만 대공황 이전인 1920년대 초 미국 대도시의 모습을 그대로 반영하고 있습니다.

Lewis

동물들의 유쾌한 반란

조지 오웰 《동물농장》

　그날 밤 농장 주인 존스 씨는 분명히 닭장 문을 잠갔지만 술에 취한 바람에 먹이 구멍을 닫는 것은 잊어버리고 말았다. 그는 불이 켜진 등을 손에 들고 비틀거리며 마당을 가로질러 갔다. 뒷문으로 들어가서 장화를 휙 벗어 던지더니 주방에 있는 술통에서 맥주 한 잔을 따라 단숨에 들이키고는 침대로 올라갔다. 아내가 코를 골며 자고 있었다.

동물농장(Animal Farm, 1945)

Orwell

이상 《동경》

　내가 생각하던 마루노치 빌딩(속칭 '마루비루')은 적어도 이 '마루비루'의 네 갑절은 되는 굉장한 것이었다. 뉴욕 브로 드웨이에 가서도 나는 똑같은 환멸을 당할는지. 어쨌든 '이 도시는 몹시 가솔린 내가 나는구나!' 가 동경의 첫인상이다.

동경(東京, 1939)

1910년 일제강점기에 태어나 1937년 사망한 소설가 이상은 폐결핵에 걸려 죽음이 가까워지 자 도쿄를 구경하러 갑니다. 그는 도쿄의 가식적인 모습에 실망하여 서울로 돌아가려 했으나 공원에서 산책하던 도중 갑작스럽게 체포되어 구치소에 갇히게 됩니다. 폐결핵이 악화하여 석 방된 그는 수일 뒤 동경제국대학 부속 병원에서 사망합니다.

그 시절 뉴욕에 살던 사람들

이디스 워튼 《순수의 시대》

1870년대 초 1월의 어느 저녁, 크리스티네 닐손은 뉴욕 오페라 하우스인 아카데미 오브 뮤직에서 열린 〈파우스트〉 공연에서 노래를 부르고 있었다.

뉴욕 시내에서 멀리 떨어진 '40번가' 위쪽에 유럽 대도시의 극장들과 견줄만한 호화로운 새 오페라 하우스를 짓는다는 소문이 돈 지도 이미 오래지만, 사교계 사람들은 매년 겨울이면 여전히 이곳의 붉은 색 벨벳과 금색 프레임으로 장식된 낡은 박스석으로 모여들었다.

순수의 시대(The Age of Innocence, 1920)

이디스 워튼은 1862년 뉴욕시에서 태어나 1937년 파리에서 사망한 미국의 작가이며 퓰리처 상을 수상한 최초의 여성입니다. 그녀의 소설 속에 등장하는 '아카데미 오브 뮤직(Academy of Music, Newyork City)'은 1854년 맨해튼 중심가에 지어진 오페라 극장입니다. 1883년 인근에 메트로폴리탄 오페라 하우스가 문을 열게 되면서 운영에 곤란을 겪어 1886년부터 공연이 중단되었고 1926년에 철거되었습니다.

Wharton

조지 버나드 쇼《피그말리온》

밤 11시 15분, 런던 코벤트 가든.

여름비가 억수같이 퍼붓고 있다. 사방에서 택시를 부르는 호루라기 소리가 다급하게 울려 퍼지고, 사람들은 세인트 폴 교회의 현관 지붕 아래로 비를 피해 뛰어든다. 그중에는 이 브닝드레스를 입은 한 부인과 그녀의 딸도 있다. 모두 우울하게 비 내리는 밖을 응시하고 있지만, 한 남자만은 사람들에게 등을 돌린 채 노트에 무언가를 적는 일에 몰두하고 있다.

교회 시계가 종을 울려 15분을 알린다.

피그말리온(Pygmalion, 1913)

1856년에 태어나 1950년에 94세의 나이로 사망한 극작가 버나드 쇼의 묘비명은 '오래 살다 보면 이런 일이 일어나기 마련이지'입니다.

Shaw

이효석 《모던 걸 멜론》

시베리아를 불어오는 억센 바람과 두만강 기슭을 스쳐 내리는 눈보라의 모진 겨울을 가진 반면에 회령은 미인과 참외의 신선한 여름을 가졌다. 물 맑은 두만강을 끼고 난 곳이기 때문인지 회령에는 살빛 고운 미인이 많다. 미인과 참외—그 사이에 어떠한 인과관계가 있는지는 모르나 미인 많은 회령에 참외 또한 많다. 회령을 중심으로 북으로 들어가는 철로 연변이 거개 다 참외의 명산지이다.

모던 걸 멜론(1932)

李孝石

인생이라는 꿈

김만중 《구운몽》

천하에 명산이 다섯이 있으니 동쪽은 동악 태산이요, 서쪽은 서악 화산이요, 남쪽은 남악 형산이요, 북쪽은 북악 항산이요, 가운데는 중악 숭산이다. 오악 중에 오직 형산이 중원에서 멀어 구의산이 그 남쪽에 있고 동정강이 그 북쪽에 있고 소상강 물이 삼면에 둘러 있으니 제일 수려한 곳이다. 그 가운데 축융, 자개, 천주, 석름, 연화 다섯 봉우리가 가장 높으니 수목이 울창하고 구름과 안개가 가리워 날씨가 아주 맑고 햇빛이 밝지 않으면 사람이 그 근사한 진면목을 쉽게 보지 못하였다.

구운몽(九雲夢, 1687)

金萬重

파수꾼 이야기

  소설 속에서도 시간은 흐릅니다. 그리고 시간이 흐른다는 것은 거기에 공간이 있다는 것입니다.

  우리는 하루에도 몇 번씩 시계를 보며 시간을 확인합니다. 그러나 매번 두리번거리면서 자신이 지금 어디에 있는지 확인하려 드는 사람은 없습니다. 우리는 자신이 있는 공간을 자기 몸만큼이나 신뢰하고 있다는 뜻입니다. 그러기 위해서 내가 있는 공간은 나에게 안정감을 줄 수 있어야 합니다.

  버지니아 울프는 여자가 소설을 쓰려거든 얼마만큼의 돈과 자기만의 방이 필요하다고 했습니다. 이렇게 소설가에게 자기만의 방이 필요하듯이 소설 속 인물들에게도 자기만의 공간이 필요합니다. 다행히도 소설가가 그들에게 지낼 곳을 제공하는 것은 현실에서처럼 큰돈 들어가는 일은 아닙니다. 그 공간은 얼마든지 넓을 수도, 좁을 수도 있습니다. 우주일 수도 있고 작은 상자 속일 수도 있습니다. 혹은 우주를 떠다니는 작은 상자 속일 수도 있습니다. 마찬가지로 얼마든지 높을 수도, 낮을 수도 있습니다. 맨해튼의 고층 맨션일 수도 있고 사회에서 밀려난 사람이 숨어 들어가는 축축하고 더러운 지하 방일 수도 있습니다.

조건이 있다면 소설가도 그곳에 있어야 합니다. 눈에 보이지 않는 유령 같은 존재가 되어서 말입니다. 그리고 소설가는 그곳을 지켜야 합니다. 등장인물들의 탈주를 막아서는 감옥 지기라기보다는 아이들이 뛰노는 호밀밭을 지키는 파수꾼에 가깝습니다. J. D. 샐린저의 소설 《호밀밭의 파수꾼》의 주인공인 16세 소년 홀든 콜필드는 천진난만한 여동생 피비에게 자신의 꿈을 이야기합니다:

"나는 작은 아이들이 노는 넓은 호밀밭을 생각하고 있어. 천 명이 넘는 애들이 놀고 있는데 주위에 어른은 나 하나뿐이야. 그리고 내 역할은 가파른 벼랑 끝에 서서 아이들이 떨어지지 않게 붙잡아 주는 거야. 아이들은 워낙 어디로 달리는지 살피지도 않고 마구 달리잖아. 나는 그냥 호밀밭의 파수꾼이나 되겠다는 거야."

알고 보면 소설가는 참 다정한 사람들입니다.

소설가의 첫 문장

초판 2024년 11월 1일 1쇄
엮은이 김대웅
디자인 배석현
ISBN 979-11-93324-28-8   03800

발행인 아이아키텍트 주식회사
출판브랜드 북플라자
주소 서울시 강남구 학동로 329 북플라자타워
홈페이지 www.bookplaza.co.kr